Opal
オパール文庫

御曹司に恩返しを強要されています
執着王子と子作り契約結婚

山野辺りり

JN230637

プランタン出版

※本作品の内容はすべてフィクションです。

プロローグ

「君が僕の子どもを産んでくれ」

一瞬、時間が止まったのかと思った。

耳にした台詞は簡潔で、誤解を挟む余地もない。聞き間違えようもなく、シンプルなものだ。

しかしだからこそ、空耳を疑ってしまった。

彼がそんなことを口にするはずがないという、思いも相まって。

「あ、あの……もう一度おっしゃっていただけますか？　私、上手く聞き取れなかったみたいで……」

口元を引き攣らせた鈴城春乃《すずしろはるの》が無理に笑うと、彼――神宮寺要《じんぐうじかなめ》は表情を変えることなくこちらを凝視してきた。

その眼差しの強さに怯みそうになる。

普段は柔和な空気を漂わせている彼が真剣な面持ちになると、急に圧が増した。

この表情には見覚えがある。

十七年前、まだ九歳だった春乃を守るため、要が見せた顔と同じものだった。

あの時も彼は微笑みを消し剣呑さを宿した双眸で、毅然とし春乃を背に庇ってくれた。

九歳の少年の背中は小さく華奢で、あまり性別の違いも現れていない頃だ。

それでも普段声を荒らげることのない要が春乃のために怒ってくれているのだと思えば、途轍もない安心感と頼り甲斐を覚えた。

子どもらしからぬ利口さと冷静さを併せ持つ彼が、不快感を露わにしたのも驚き。

常に穏やかな優等生であり、特に女子に親切だった要が見せた憤怒の様子に、春乃を取り囲んでいた者たちが怯んだのは当然だった。

当時の気持ちが春乃の中で鮮やかによみがえる。

ただしあの時と違うのは、鋭い視線の矛先が春乃を虐めていた同級生ではなく、自分自身に向いていていることだ。

まっすぐ突き刺さる真剣な眼差し。

目を逸らすこともできやしない。呼吸すら滞り、春乃は無意識に喉を震わせた。

「――かつてした約束を今果たしてほしい。……春乃は昔、『何でもする』と言ってくれたよね？　覚えている？」

勿論、忘れてなどいない。

忘れられるはずがない。

小学三年生だった当時、父親がおらず裕福とは言えない春乃は、学校内で明らかに異分子だった。

というのも、その小学校は都内の富裕層が子息を通わせることで有名で、言わばセレブ御用達だったためだ。

私立であり、授業料や制服、その他諸々に金がかかる。寄付金も強制ではないが、暗黙の了解で莫大な金額が必要。

他にも、親の付き合いや習い事、特別なカリキュラムに校外学習。

一般的な家庭には、到底費用を賄えない。

そんな学校に何故春乃が入学できたのかと言えば、母親が神宮寺家の住み込み家政婦だからである。

本来ならば、近隣の公立小学校へ通えばいい。言わずもがな、春乃も母もそのつもりだった。

けれど神宮寺の主夫妻、及び息子である要の強い希望によって、春乃は彼と同じ学校へ通うこととなったのだ。

恥ずかしながら、かかる経費の全ては神宮寺の家が負担してくれることとなった。代わりに求められたのが、要の身の回りの世話を焼くこと。

とは言え、幼い子どもにできることなんてたかが知れている。

実際のところは、『いつも一緒にいる友人』でしかなかった。登下校中は勿論、授業中何らかのグループを作る場合、そして放課後も。

だが、それこそが同級生たちには面白くなかったようだ。

旧家のお嬢様や大会社経営者の子息にしてみれば、確実に『住む世界が違う』春乃が奇異に思えたに決まっている。

しかも毛色が違う羊が、富裕層が集まる学校内でも特に目立つ、神宮寺家の坊ちゃんに張り付いているとなれば、幼心にも嫉妬心が抑えられなくても不思議ではなかった。

要は家柄の良さだけでなく、容姿がずば抜けて整っており、生まれて間もなくから『天使』と讃えられた。

印象的な黒目に、繊細な唇。きめ細やかで白い肌。

少女と見間違われたことは一度や二度ではない。

知性を宿した瞳は大人をたじろがせるほどでありつつも、子どもらしい愛らしさを兼ね備えている。

更に聡明で性格がいいとなれば、老若男女問わず魅了された。

神宮寺家は政治家や医師、弁護士などを多数輩出している名家なので、保護者たちも是非お近づきになりたいと目論むのが、自然な成り行き。

彼はどこにいても場の中心になるタイプだった。

そんな要の隣に、異質なオマケが四六時中引っ付いているのである。

小学校入学当初はまだ幼くて、己の心情がよく理解できなかった少女たちも、いずれは気が付く。

これが、『嫉妬』なのだと。

女児の成長は早く、九歳にもなれば色恋に興味も出てくる。はっきり恋愛感情が分からずとも、『羨ましい』を『狡い』と置き換えるくらいはしてしまうものだ。

結果、小学校三年生になった頃から、春乃への嫌がらせは始まっていた。

初めはちょっとした無視程度。そこから私物を隠されたり、偶然を装ってぶつかられたりするようになった。

さりとて、元からクラスに馴染んでいたとは言えない身だ。

だが、気のせいかなと深刻に考えないよう春乃が努めている間に事態は悪化し、やがて教科書や体操服を破られるなどの被害が起こった。

正直なところ、これが一番の痛手である。

何せそれらを買い揃えてくれたのは、全て神宮寺家。

母も文房具くらいは用意しますと言ったのだが、この学校は全てが指定されており、しかもかなり高額だった。

母が賄うのは現実的ではなく、最終的に『春乃ちゃんに息子と同じ学校へ通ってほしいとうちが懇願したのだから、我が家がかかる費用を出すのが当たり前だ』と告げられ、甘えた形だ。

それ故、春乃はボロボロに破られた教科書などを前に打ちひしがれるより他になかった。

母親や神宮寺夫妻に迷惑をかけてしまうことが、心苦しくて。

クラスメイトに意地悪をされていること自体は、たいして気にならない。

そもそも常に要の傍にいて、友人と呼べる女子もいなかった。

だから考えるのは、壊されてしまったものをどうごまかし、どうやれば少しでも修繕できるかだけ。

懸命に隠し、自力で解決しようと足掻いたのだが——現実問題、どうにかなる話ではなかった。

段々陰湿さを増す女生徒たちは、最後の一線を越えたのかもしれない。つまり、春乃を呼び出して、直接的な罵倒と暴力を加えようとした。

それが要の逆鱗に触れたのだと思う。

とても優しく、誰に対しても公平な人だから、理不尽な行いを見過ごせなかったのではないか。

駆けつけてくれた彼は、まさに王子様の如く春乃を助け出し、彼女らに冷ややかな警告を発した。

要が激昂した姿など目にしたことがない少女たちは、さぞや驚いたことだろう。

それは春乃とて例外ではなかった。

——あの時と、同じ。

真剣で苛立ちを滲ませた瞳。

普段の温厚さは、微塵もない。

下手な言い訳や嘘は決して許されないと伝わってきた。

かつての春乃は、直接彼と視線が絡んだのでもないにも拘らず、数秒呼吸ができなくなったほど。気圧され、秘かに震えが止まらなかった。

まして今は、その圧を帯びた視線が、真正面から自分にのみ注がれているのだ。これで、平然としていられるわけがない。

何も言葉を返せない。

瞬きもできず、固まるだけ。

そのままどれだけ時間が経ったのか。

おそらくさほど長いものではなかった。けれど永遠にも感じられる沈黙に押し潰されそうになった時。

「——僕が春乃に対する嫌がらせを解決した後、君は確かに言った。……忘れてしまったのか？」

「……ぇっ、い、いいえっ……ちゃんと覚えています」

颯爽と自分を窮地から救い出してくれた要は、さながら王子様だった。

感謝と申し訳なさが入り交じり、涙が止まらずに困ったのを、なかったことにする気はない。

慌てた様子で双眸を揺らし、『僕のせいでごめん』と言った彼に焦って、春乃は首を左右に振った。

絶対に要のせいではない。そんな風に思わないでほしい。

むしろ迷惑をかけてすみません。

そういう謝罪を告げたかったのに、上手く声にならず泣き続けた。彼はその間、情けない春乃の頭を撫で、ずっと慰めてくれたのに。

結局あの時、しゃくりあげながら口にした約束は『いつか必ず恩返しをします。何でも言ってください。どんなことでもします』だ。

僅か十にも満たない子どもに交わせる、精一杯の約束。

実現性はともかくも、気持ちの上では偽らざる誓いだった。

ただし当時の要は『大丈夫、これから先も僕が春乃を守ってあげる』と微笑んだだけだったが。

だから自分の約束は、宙ぶらりんになってしまったと思っていたのに――

「忘れられていなくて安心した。それなら――今こそ果たしてくれ。君に僕の子どもを産んでほしい」

数秒の静寂。

今度は空耳かと疑う余地もなく、明瞭に言葉が響いた。

言い訳や逃げ道を全てなくす勢いの眼差しに射抜かれ、春乃は愕然としいつまでも動けなかった。

1　歪なプロポーズ

定時退勤できた日は、何故か得した気分になる。

本来ならそれが当然だとしても、上司や先輩を差し置いて「お先に失礼します」と言える胆力が春乃にはなかった。

——今日は部長がお孫さんの誕生日で、数日前から「定時で終了！」と宣言してくれていたから、全員帰りやすかったな。

日の入りが遅い時期なので、ほんのりと空は明るい。

浮き立つ気持ちのまま、春乃は足取り軽く家路を急いだ。

就職を機に一人暮らしを始めて四年。

職場では中堅どころになりつつある。医療機器メーカーの事務として、最近では任せられる仕事も増えてきた。

母と離れて暮らすことに当初は不安ばかりだったものの、今ではこの生活に随分慣れた。

いや、慣れなくてはいけないのだと春乃の口元に苦笑が滲む。

――いつまでもあのままじゃいられなかったんだから、これでいいんだ……

苦い感傷を押し殺し、強引に呑み込んだ。

自分は正しい選択をしたのだと、敢えて言い聞かせて。

そうでもしなくては気分が沈んでゆくのを、経験から分かっていた。

春乃は父親の顔を写真でしか知らない。

生まれる前に、事故で亡くなってしまったからだ。

母が相当苦労して自分を育ててくれたことは想像に難くなく、実際その通りであることも理解していた。

頼れる親類縁者はなく、まさに身を粉にして娘である春乃を守ってくれた。

そんな中、とある知人の紹介で神宮寺の家政婦として雇われたのは、母の人生で一番の幸運だったのかもしれない。

その日から母と娘は安定した生活を送れるようになったのだから。

相場より高い報酬と、心地よい住居、優しい雇用主からの心遣い。

それらにどれだけ助けられたことか。いくら感謝しても足りやしない。

しかも神宮寺夫妻は春乃の学費まで負担してくれ、小学校から高校まで最高の教育を受けさせてくれたのだ。

ちなみに流石に大学は自力で返済不要の奨学金を勝ち取り、援助の申し出を断っている。いくら「息子と同じ学校へ進学してくれ」と頼まれていたのだとしても、そこまで甘えられないと春乃自身が決めたのだ。

間違いなく幸せで、充実していた日々。

今振り返ってみても、母が家政婦になり神宮寺の敷地内に建つ平屋に、母娘二人で暮らした毎日は恵まれていた。

——だからこそ……あのままじゃ駄目だと思ったの……

心地よ過ぎて、妙な欲を出したくなるせいで。

それをしてしまえば、きっと取り返しがつかなくなってしまう。

せっかく母が摑み取った安寧の生活に、春乃のくだらない感情で波風を立たせるわけにはいかないのだ。

見て見ぬふりをし続けても、年々大きくなる願望に嘘がつけなくなってきたのを感じ、春乃は家を出ることを決意した。

正確には『彼』から離れることを。

神宮寺要。

春乃にとって、幼馴染であり、母の雇用主の息子。そして、王子様。

自分を長年助け守ってくれた人を好きにならないわけがない。

まして完璧と言っても過言ではない素晴らしい男性だ。

惹かれずにいるのは不可能だった。

いつの頃からかは分からないけれど、春乃は彼に恋をし——諦めたのだ。

分不相応な身の上を弁えていたから。

——好きになっても辛いだけ……あの人は誰に対しても親切で優しかった。

間違っても、愚かな勘違いなどしてはいけない。のぼせ上がれば、母を悲しませることになる。

自分が特別なのではないと自身に言い聞かせ、これ以上気持ちが傾く前に距離を取るべきだと考えた。

そうして一人暮らしを始めて四年。

ある意味計画は成功している。

物理的に離れれば、多少は心の平穏を保てるというもの。

ただし心の整理がつけられたかと問われれば、不充分だった。

——最後に要さんに会ったのは一年以上前か……でも、思い出すだけでまだ胸が痛い。

母に会いに行っても、彼とは極力顔を合わせないよう気を付けている。

情けないが、普通に接する自信が未だ持てないせいだ。

一度離れてしまえば、以前はどんな顔と態度を要に向けていたのか、分からなくなってしまった。

意識するほどに不自然になる。

つい想いの滲んだ視線を向けてしまうのではないか。

声に恋情が乗ってしまうのではないか。

顔が赤らみ、挙動不審にならないと断言できるのか——全部、大丈夫と言い切れない。

それなら会わない方がいい。忙しさを理由にして春乃が彼を避けても、咎める者はいなかった。

母の存在がなければ、自分たちは『神宮寺家の一人息子』と『同じ年齢の娘』でしかなく、それが正しい距離感なのだから。

むしろこれまでが、異例の厚遇を受けていたのだ。

だから前回は、単純に油断していた。

年末年始でもなく、平日の昼間に要が実家にいるなんて、いったい誰に想像できたのか。

父親の会社の後継者として多忙な日々を送っている彼もまた、家を出て一人暮らしをしている。

そんな要が偶然神宮寺の本宅へ顔を出すとは、全くもって想定外だった。それも、春乃が立ち寄ったまさにその日その時刻に。

——あの時はびっくりしたな……随分息が乱れていたし、大急ぎで足を運んだような感じだった。仕事に必要なものでも取りに戻られたのかな？

思い出せば胸が騒めく。

母と久し振りに談笑し、そろそろお暇しようかと腰を上げたまさにその時、要が駆け込んできたのだから。

——お母さんも随分驚いていた。でも要さん、特に急ぎの用事があったわけでもなかったみたいで不思議。……ひょっとして私に会うために飛んで帰ってきたのかと馬鹿げた妄想をしたくなるくらい……

愚かな期待を振り払うため、深呼吸で落ち着こうと春乃が深く嘆息した時、突然鞄の中で携帯電話が鳴った。

慌てて確認すれば、母からだ。

——こんな時間に珍しいな。いつもならまだ部屋に帰っていない時間だから、かけてこないのに。

気遣いの塊のような母は、娘に対しても色々配慮してくれる。

電話をかけてくるのは、いつも確実に春乃が出られる曜日や時間に限られていた。

「——久しぶりだね、どうしたの？」

明るい声で春乃が応答すれば、何故か電話の向こうで息を呑む音が聞こえた。

『……ぁ、忙しい時間にごめんね』

「大丈夫だよ、今日は定時に仕事が終わったから、間もなく部屋に着くの。でも平日のこの時間にお母さんが電話してくるなんて珍しいね」

『そう……？』

母の微妙な声音と間が、息遣いと共に伝わってくる。

まるで春乃が電話に出ないものだと思っていたようで、少し奇異に感じた。

「もしかして、何かあった？」

『ううん。何でもないのよ。ちょっと……春乃の声が聞きたくなっただけ』

話すうちに母の声から最初の違和感は薄れていた。

今はもう、いつも通り穏やかで娘を気遣う様子が溢れている。

僅かな引っ掛かりは自分の気のせいであったのかと、春乃は思った。

「えぇ？　それだけ？　別に構わないけど……私なら元気にやっているし、心配しないで。それよりお母さんは？」

母は今年で五十二歳。

働き者で大きな病気をしたことがない健康な身体だとしても、傍にいられない分、娘として心配は尽きなかった。

『私は——大丈夫よ。奥様にはとてもよくしていただいているし、楽しくやっているわよ』

「だったらよかった。何かあれば、いつでも連絡してね？　仕事中だって、メッセージを残してくれたら、気づき次第折り返すから」

『ふふ。仕事中はきちんと集中しなくては駄目よ。せっかくあなたの希望の会社に入れたんだもの』

「だとしても、お母さんより優先するものなんてないよ」

本心からの言葉を告げれば、刹那の間が落ちた。

しかしすぐに母の弾ける笑い声が響き、春乃も自然と笑顔になる。

『ふふふっ、ありがとう、春乃。私はいい娘に恵まれて幸せね』

「それは私の台詞。お母さんの娘に生まれて、最高に幸せだよ。だからくれぐれも無理しないでね」

『ええ。――それじゃ貴女の声も聞けたことだし、もう切るわね』

「え、ぁ、うん」

本当に特に用事はなく春乃の声を聞くために電話してきたのか、母はアッサリと通話を終了させた。

こちらとしては、何とも放り出された気分になる。

だが母にも気まぐれを起こす日はあるのだろうと、春乃が納得して携帯電話を鞄に戻そうとした瞬間、再び着信音が鳴り響いた。

「もしもし？　何か言い忘れたことがあった？」

てっきり、母がもう一度かけてきたのだと思った。

やはり何か用件があったのを思い出し、慌てて娘にリダイヤルしたのかと想像すると、微笑ましい。

だが、何の警戒心もない春乃の耳に届いたのは、歩みを止めるのに充分な声だった。

『――久しぶり。……誰と間違えているんだ？』

ほんのりと苛立ちを孕む声音。

けれどその微かな機微は、おそらく春乃にしか感じ取れない。

人生の大半を共に過ごし、誰よりも傍にいた幼馴染である春乃以外には、彼の僅かな変化を汲み取るのは不可能だった。

「……要さん……？」

何故、彼が。

これまでにも電話がかかってきたことがなかったとは言わない。

しかし春乃が一人暮らしになってからは、初めてだった。

二人の縁は、母が介在していなくては成立しない。しかも学生でなくなれば、自ずと接点は消えていた。

だからこそ、要から電話があるなんて予測もしておらず、動揺する。

春乃の背中には、一瞬にして冷たい汗が滲んだ。

『……話しておきたいことがあって』

「私に？」

前回彼が慌てた様子で帰ってきて、顔を合わせた一年と少し前には、特に会話がなかった。

春乃が曖昧に会釈して、素早く神宮寺邸を後にしたからだ。

それなのに今、唐突に電話を寄越してまでしたい話とは何なのか、予想がつかず心臓が大きく脈打った。

『今、時間はある？』

「はい……間もなくアパートに到着します。あ、あの、後ほど私からかけ直します」

『そうか。じゃあ丁度良かった。それから、かけ直す必要はないよ』

「え？」

戸惑いが指先を震わせる。

彼の意図が読めず、視線が泳いだ。その先に信じられない姿があり、春乃が息を呑んだのは言うまでもない。

「……っ」

「お帰り、春乃」

通話は既に切れていた。

にも拘らず、明瞭に要の声が鼓膜を擽る。

つまり電話越しの合成音ではなく、生身の人間の声として、直接春乃の耳に届いた。

「ど、どうしてここに……っ」

「話があると、言ったじゃないか。でも電話やメッセージで伝えるような内容じゃない」

悠々と携帯をしまう彼は、幻ではなく実在していた。

すらりと長い脚に、細身ながらしっかりとした肩幅。引き締まった体躯に、スーツがとてもよく似合っている。

だが日本人離れした体格よりも印象的なのは、彼の相貌だ。

幼い頃から変わらぬ美しさは、大人の男となった今、より一層人を惹きつける魅力を放っていた。

柔らかそうで艶のある黒髪と、同じように豊かな睫毛。

切れ長の瞳には、知性と品の良さが備わっている。

完璧な造形の鼻や唇は、ほんの少しでも配置が崩れていたら、たちまち全てが台無しになっていただろう。

何もかもが綺麗で、見る者を尻込みさせる美貌。

非の打ち所がない外見は相変わらずどころか、以前会った時よりも輝きを増していた。

「だとしても、急過ぎます……っ」

「迷惑だったのか？」

「そういう意味ではありませんが……っ」

「随分狼狽しているのに？」

実際、動揺はしていた。

返事に困って、思考は空回りするばかり。春乃が慌てている間に、要が長い脚で近づいてきて、硬直することしかできなかった。

「部屋で話そう。鍵を開けて」

普通の男女なら、恋人や家族、友人でもない異性を突然部屋にあげたりしないのかもしれない。

一般的には、要求する方も非常識だと言われることだろう。

けれど春乃と彼の関係性では、拒否は思いつきもしなかった。

思考停止状態のまま、震える手で鞄から鍵を取り出す。

なかなか鍵穴に差し込めず、余計に冷汗が春乃の肌を濡らした。

「――へぇ、ここが春乃の暮らしている場所なんだ」

「か……要さんは、初めてですね」

部屋に招いたのは、母しかいない。

どうにか玄関扉を開き、靴を脱ぐ間も心拍数は上昇し続ける一方だった。

背中には彼の気配を嫌というほど感じる。こちらからは見えていないのに、要が室内に視線を向けたことも分かってしまった。

「どうぞ……」

来客用のスリッパもないことが、今更ながら恥ずかしい。

育ちがいい彼は律儀に「お邪魔します」と告げ、優雅に靴の向きを直した。

四年間暮らしてきた己の城が、突然居心地の悪い空間になった心地がする。

勿論気のせいでしかないのに、この場の空気が一変した錯覚があり、春乃は逃げる足取りで要をリビングへ案内した。

「ち、地方のいいところは、都会と比べて家賃が低いことですね。私のお給料でも、それなりに広いところを借りられます。座ってください。今、飲み物を……」

どうでもいいことを口にしつつ、キッチンへ立つ。

正確には何かしていないと落ち着かなかった。

よもや自分の部屋へ彼が訪れることがあるなんて、夢にも思わなかったのだ。

頭がフワフワして眩暈までする。

拳を握って開くを数度繰り返さなければ、指先の感覚も失ってしまいかねなかった。

「飲み物はいらない。それより君も座ってくれないか」

命令口調ではないが抗えなくて、春乃は操られるようにリビングへ戻った。

ソファーなんて気の利いたものは置いておらず、ラグの上に直接要が座っている。

その前に置かれた小さなちゃぶ台が絶望的に彼にそぐわず、申し訳なさが募った。

「でも……」

「いいから、早く」

躊躇うのは、息苦しいから。

それと、愚かにも甘苦しく胸が締め付けられるせいだった。

要とやや離れた位置に腰を下ろせば、一言言いたげな眼差しが飛んでくる。

俯くことでそれに気づかぬ振りを貫いていると、彼が緩く息を吐いた。

「……春乃は毎年年末年始も帰らないけれど、最近おばさんと連絡は取っている？」

「え、はい。ついさっきも電話で……」

「ああ。僕の前に話していたのは、おばさんだったのか」

納得したようで、要の雰囲気が若干和らいだ。どことなく安堵した風情もある。

しかしすぐまた真剣な表情になった。

「……何か聞いた？」

「母からですか？　いえ、私の声が聞きたかっただけだと言っていましたが……」

ゾロリと首を擡げるのは、不安の芽だ。

先ほどの母との通話でも燻っていた小さな違和感。

それが、種から発芽していた。

——さっきのお母さん、やっぱりどこか不自然だったよね……いつもなら、用もないのに電話なんてしてこないもの……

親子仲は良い。

しかしべったりとしてもおらず、母は娘の自立を促し信じて見守ってくれる人だ。

普通に考えれば、『声が聞きたい』なんて理由で通常出られない確率が高い時間帯に電話をかけてくるのはおかしかった。

「……母に何かありましたか?」

不安で心臓が軋む。

掠れた声は、ひどく弱々しかった。

「……やっぱりおばさんは春乃に何も伝えていないんだな。……だろうと思った」

だから自分がこうして足を運んだのだと彼が呟く。

あらゆる嫌な想像が駆け巡り、結果春乃は要の言葉を待つ以外、何もできなかった。

溜め息を吐いた彼は、こちらを焦らしているつもりはないのだろう。

無意味な駆け引きなんてしない人だ。

純粋に『言い難く』て『言葉を選んでいる』のだと、皮肉にも春乃は察してしまった。

「いったい何があったのですか……？」

本音を言えば、聞きたくない。

絶対にいい話でないことは、嫌でも分かった。

この先を耳にしてしまえば、きっと後悔する。それでも無視はできないこと。

母に纏わるトラブルなら、唯一の家族である自分が知らぬ存ぜぬで許されるはずがなかった。

「……本来なら、おばさんから打ち明けるのが筋なんだが……」

「母に任せておいたら、私の耳に入らない恐れがあるんですね」

煩く鳴り響く心音で、いっそあらゆる騒音を遮断できたらいいのに。

しかし現実は残酷。春乃の聴力が拾うのは、不思議と要の声のみだった。

二人の視線が絡む。

過敏になった感覚は、吐息の作る空気の流れまで感じ取った。

珍しく彼が言い淀んでいる。

いつだって自信満々かつ迷いのなかった要が、探るように春乃を窺っていた。

たぶん、どうすれば極力傷つけずに済むかを必死に考えてくれている。こんな表情をしている時は、さりげなく気遣ってくれている時。

そんな心情が汲み取れて、複雑な思いが込み上げそうになった。

「——……先日の健康診断の結果、おばさんに早急に治療が必要な病が見つかった。もし何もしなければ——半年ももたないだろう」

「……っ」

絶対に悪い話であることは、覚悟していた。

だがまさかここまで最悪な内容だったとは。

春乃は声も出せず、愕然とした。

——だったら、さっきの電話……何故お母さんは打ち明けてくれなかったの……？

ショックのせいで、恨み言めいた思考が浮かんだ。

けれど同時に母の気持ちも理解できてしまう。我が子に真実を告げられず、それでも何もせずにはいられなくて電話をかけてきたのだ。

そういう悲しいまでの愛情と心細さを、母は一人で抱え込んで苦しんでいるのかと思うと、自分の情けなさに涙が溢れそうになった。

もし春乃がもっと頼り甲斐がある娘だったなら。

母は相談してくれたかもしれないし、泣いて寄り掛かってくれたかもしれない。

だが実際には何も告げずに、黙って抱え込むことを決めたのか。

そう思い至ると悔しさともどかしさに押し潰されそうになった。

成人した立派な大人になったつもりでも、母にとって自分は未だ守るべき子どもなのだと思い知る。

母なりの配慮であり愛情だとしても――秘密にしてもらいたくはなかった。

「……おばさんは今、うちが懇意にしている病院に入院している。でも、手術の日程は具体的に決まっていない。――未だに家族の同意が得られていないせいだ」

全身から体温が失われてゆく。

震えが止まらず、春乃の喉がか細い悲鳴を漏らした。

頭の中は真っ白で、何も考えが纏まらない。ただ、唯一の家族である自分が何も知らなかったのだから、手術の同意も何もあったものではないことは、理解できた。

「……おばさんははぐらかしているけれど、きっと春乃に病状を告げていないんだろうなと思って、代わりに僕が伝えに来た。お節介なのは承知している。だが僕にとってもおばさんは家族同然だ。しゃしゃり出る真似をして、すまない」

多忙な神宮寺の両親よりも、要にとって春乃の母親は『身近な大人』だった。

深い愛情を注ぎ、傍にいてくれた『もう一人の母親』。

彼がどれだけ春乃の母に心を許していたのか、自分だって知っている。

だからこそ、要の独断を責める気には到底なれなかった。

「……要さんが謝る必要なんてありません……むしろ教えてくださって、ありがとうございまず……」

彼がこうして伝えてくれなかったら、何も知らないまま時間が過ぎて、母の容体は悪くなる一方だった。

そして、取り返しのつかないことになっただろう。

心臓が破裂しそうな胸元を強く押さえ、春乃は忙しく呼吸を繰り返した。

「今ならまだ……治療は間に合いますよね……っ？」

「できるだけ早い方がいい」

はっきり『大丈夫』だと明言してくれない要は、ある意味誠実なのかもしれない。

この場限りの嘘は吐かず、真摯に春乃へ向き合ってくれていた。

「は、母が入院しているのは、どこの病院ですか？　私、すぐに行きます。……ぁ、会社にも連絡しないと……」

おそらく明日は出社できない。数日間は欠勤になる恐れもあった。

仮に出勤しても、心ここにあらずで使い物にならないに決まっている。

春乃は鞄から携帯電話を取り出したが、戦慄く手では摑み損ね、端末は指先から滑り床に落ちた。

「あ……っ」

思った以上に動揺している。

堪えきれず両目から涙が溢れた。

「ご、ごめんなさ……っ」

「何を謝る必要がある？　ショックを受けて当然だ。職場への連絡は道中でも大丈夫だから、まずは落ち着いて」

止まる気配のない涙のせいで視界が滲み、嗚咽を抑えるのに必死だった春乃は、自分が彼に抱き寄せられたことにしばらく気づかなかった。

ふわりと要の香りに包まれる。

思いの外広い胸板はがっしりとしていて、スーツ越しにも、逞しさが窺えた。

後頭部に添えられた彼の指先が春乃の髪を梳いてくれ、優しく頭を撫でられる。

背中を摩ってくれる手も温かい。

耳に吹きかかる吐息も。低く「泣いていい」と囁く声も。温もりが心地いい。

何もかもが自分に安心感を与えてくれた。

「ふ……っ、ぅ」

尚更涙が止まらなくなったのは、当然の成り行き。

春乃は夢中で要の背中に腕を回し、彼の胸に顔を埋めた。

「……っぅ、う……っ」

人前で泣いたのは、随分久し振りだ。

大人になってからは初めてかもしれない。感情的に振る舞って、他者に面倒だと思われたくなかった。

特に要には一番迷惑をかけたくなくて、絶対にしないと秘かに決めていたのに。

けれど今は、傍にいてくれたのが彼で、心底よかったと感じている。

他の誰かであれば、それがどれだけ親しい友人だったとしても、春乃はこんな風に思い切り嘆くなんてできなかった。

冷静な振りをして、本当は混乱したまま気丈でなくてはならないと、己を叱咤したに決まっている。

傷つき不安塗れの心を殴りつけてでも。

自分のせいで母が悪く言われるのを避けたくて、平気な振りが癖になっている。そうしなくてはならないと、無意識に心を縛っていた。

だが無理にごまかしたところで、心が負った傷は消えてなくなることがない。

精々かさぶたになるだけ。その下では膿み、悪化しているとしても、見て見ぬ振りをするのに慣れるしかない。

「っく、ぅう……っ」

「……僕がいるよ。春乃が落ち着くまで、ずっとこうしている。我慢しなくていい」

甘やかす言葉に促され、思い切り泣いた。そうすることで、多少は気持ちの整理がつい

たのか、次第に春乃は平静を取り戻す。

無理やり頭を切り替えようとするよりも早く、心も呼吸も凪いだものへ変わっていった。

時間にすれば、十分程度。

それでも体中の水分が溢れてしまうくらい泣いた両目は充血し、瞼は腫れぼったくなってしまった。

その間、要が宣言通り春乃を抱きしめ、慰め続けてくれたのがありがたい。

嗚咽が止まった後も春乃は、どこか茫洋としたまま彼に身を預けていた。

「……す、すみません……いい年をして……」

「大事な人が病気になれば、年齢なんて関係ない。目が痛々しいな……少し冷やそう」

身体を起こした春乃の目元を、彼の指先がそっと撫でた。あまりにも繊細な手つきに戸惑って、反応が一瞬遅れる。

その隙にキッチンへ向かった要は、冷凍庫から取り出した保冷剤をタオルで包み、こちらへ戻ってきた。

「これを」

「あ、ありがとうございます。え、自分で――」

「いいから」

てっきりタオルを手渡されると思ったのに、彼は自らそれを持ったまま春乃の瞼へ当ててきた。

しかも背後から。

つまり背中側から抱きしめられているのに似た距離感に、どうすればいいのか分からなくなる。

結構ですと立ち上がるのは、あまりにも冷淡。

さりとてこのままじっとしているのも正解ではないと思え、春乃は閉じた瞼の下で忙しく視線を揺らした。

「あの……本当に平気です……」

「僕が平気じゃない。それより、今から病院へ向かうつもりだが、出られるか？」

「は、はい。すぐに準備します。……あ、でも面会時間はとっくに終わっているんじゃ……」

神宮寺家が懇意にしている病院なら、おそらく都内にあるだろう。

仮にこれから出発すれば、到着はかなり遅い時間になる。場合によっては、零時を越える可能性もあった。

「個室を用意させたし、融通は利くから問題ない」

「個室……」

入院・手術となれば、当然先立つものが必要になる。母の病を知ったばかりでそこまで思い至らなかったが、春乃はハッとした。

自分の貯金額はさほど多くなく、母も同様に違いない。保険である程度補填できるとしても、個室料金を賄えるとはとても思えなかったのだ。

「あ、あの……大部屋は、空いていなかったのでしょうか」

勿論、母のためにいい環境を整えてやりたい気持ちはある。しかし長い目で見れば、無理は禁物だった。

――私が支払える金額ならいいけれど、神宮寺家と付き合いのある病院なら、きっと安くはないわ……

病院はボランティア団体ではない。

残念ながら、完全なる平等はあり得ない。

幸いこの国は最低限の医療は保証されていても、プラスαとなれば、対価が必要なのが事実だった。

つまり長期入院も考えられる中での個室代金は、春乃の財政状況で、かなりの負担になる。

きっと要は、特に疑問もなく春乃の母親を個室へ入院させることを要求したのだろう。

そういう世界に住んでいる人だから。

彼にとってはそれが常識なのだ。だが、自分は違う。

その差を自ら口にするのは惨めな気持ちになったものの、弱気なことは言っていられない。

春乃は強く手を握りしめ、意を決した。

「要さんのお気持ちはありがたいのですが、私には高額な医療費を支払いきれません。ですから大部屋に……」

「心配しなくても、僕が全部負担する。先ほども言ったが、おばさんは家族と同じだ」

「で、でも……っ、実際には他人ですし、そこまで甘えられません」

春乃が『他人』と口にした瞬間、心なしか瞼に当てられているタオルがピクッと動いた気がした。

けれど変化はそれだけ。

視界が塞がれたのも同然の状態で、春乃は背後にいる彼を振り返ろうとした。

「……要さん……？」

「……これまで君たち母娘が僕にしてくれたことを思えば、安いものだ」

「安くありませんよ！」

身じろぎは、彼がさりげなく体勢を変えたことで封じられた。

気のせいでないのなら、抱きしめられている気がする。

男の両腕が春乃の前へ回り込み、迂闊に動けない。重心を後ろに預けるよう軽く引かれ、春乃は自然と要の胸板に寄り掛かる形になった。

「え……」

「とにかく治療費の件は気にしなくていい」

「そ、そういうわけには……」

「どうしても気になるなら、別の方法を考える」

分割払いなどにしてもらえるのか。それなら、ありがたい。

春乃としても、母が最高の治療を受けられることを望んでいた。

「――詳しいことは道中で説明する。車を待たせているから、出発できるか？」

「車でいらしたんですね……ご、五分いただけますか？　大急ぎで荷物を纏めますので」

「分かった。五分後にアパートの前に来るよう電話しておく」

つまり運転手は別にいるのか。それもたぶん、専属の。

色々な意味で、『やはり住む世界が違うな』と感じ、僅かに胸が痛んだ。

しかしそんな疼きからは目を逸らし、春乃は手早く荷物を用意した。

数日泊まり込みになることも考え、小さなキャリーバッグに着替えなどを詰める。

丁度五分経過した頃、要の携帯電話が鳴った。

「到着したみたいだ。出られる？　荷物はこれだけ？」

「はい。……ぁ、自分で持ちます」

「いいから。ガスの元栓は閉めた？」

「あ……！」

毎朝必ず閉める上に、今日はまだそのままなので、確かめるまでもなくガスの元栓は閉じられている。だが改めて問われると急に心配になってきた。

反射的に春乃はキッチンへ向かい、一通り確認して戻ってくると、既に彼は荷物を詰めた鞄を手にして玄関に立っていた。

「行くよ」

「あ……っ」

口を挟む余地はなく、要に先導される形で春乃は外に出る。

外廊下から階下を見れば、高級車と思しき車がアパート前に停まっていた。

しかもスーツ姿に白い手袋をした、如何にもな運転手の男性が姿勢よく車の脇に立っているではないか。

これではああだこうだと押し問答するのも躊躇われ、要から荷物を取り返し損ねた。

結局、春乃の鞄はそのまま要が運んでくれ、速やかに車に乗り込むことになる。

後部座席に二人並んで。広い車内で狭さは感じなくても、彼に近い左肩が焦げ付きそうで落ち着かない。

意識の大半が隣の男に奪われている。

今考えるべきは母のことだと分かっているのに、春乃の頭を占めるのは、要の存在ばかりだった。

それが申し訳なくもあり、もどかしくもあり、余計に心拍数は上がってゆく。

春乃の指先が震えたのは秘密だ。シートベルトを装着すると、音もなく車は走りだし、車内には束の間の沈黙が落ちた。

都内まで行くのなら、最低でも三時間はかかる。渋滞に嵌れば、日付を跨いでも不思議はなかった。

その間この空気が続くのかと思うと、流石に気は重くなる。

しかも考えてみたら、夕食を取っていない。春乃は空腹を感じていなかったものの、要も同じとは言い切れなかった。

——たぶん、要さんも食べていないよね。どうしよう……私から何か言った方がいいのかな……

バタバタと車に同乗してしまったが、遅ればせながら別行動した方がよかったかもしれないと思い始めた。

この時間ならまだ電車は走っている。

勢いに押されてつい要の送迎車に乗せてもらったけれど、立場上遠慮するのが筋だったのでは。

そんなモヤモヤを春乃が持て余していると、不意に隣から声がかけられた。

「夕食を食べていないんじゃないか。空腹なら、これを」

「え」

眼前に差し出されたのは、紙袋。中を覗けばクロワッサンにハムやチーズ、レタスなどを挟んだサンドウィッチが入っていた。

おそらくどこかのテイクアウトだ。

安っぽさのないボックスには、他にピクルスやキャロットラペ、ジャーマンポテトなどが添えられていた。

「スープとコーヒーもある。軽いものの方がいいと思って用意した。他に食べたいものがあれば、言ってくれ」

「い、いいえ……わざわざありがとうございます」

——私のために買っておいてくれたの？

さりげなく袋を見れば、春乃でも耳にしたことがある有名なレストランの名前が印字されている。

しかし当該の店が、サンドウィッチなんてカジュアルなものを提供するとは思えなかった。

——特別に作ってもらったのかな……

神宮寺家の一人息子にして後継者の要ならばあり得る。

相手側も可能な限り便宜を図ってくれるに違いない。

十中八九――いや、百パーセント無理を聞いてもらったのだ。

「あ、あの……お気遣いありがとうございます。ですが要さんも夕食はまだなんじゃありませんか？」

「気にしなくていい。昼が遅かったから平気だ」

その言葉が真実なら、まさに春乃のためだけにこのサンドウィッチは用意されたことになる。

きっと母の件を知れば、食事する時間も食欲もなくなると事前に考え、軽食を準備してくれたのだ。

――要さんらしい、気遣いに溢れた優しさだ……

常に先を読んで対策を練る、彼の気持ちが嬉しい。昔から変わらない、さりげない心配りに春乃の涙腺が緩んだ。

摑んだ紙袋がガサリと鳴る。

溢れそうになる涙は、車窓の向こうへ視線をやることでごまかした。

――こんな風にされるから、いつまで経っても心の整理がつけられないんだ……諦めなくちゃ駄目なのに……

一年以上の空白は易々と埋められてしまった。

鮮やかな恋心が再燃する。

忘れなくてはいけない恋なのに、そうさせてくれない要が少しだけ恨めしい。

しかし恨み言を述べるのはお門違いだとも分かっていた。

「……コーヒーをいただきますね」

心底気遣いはありがたいものの、現実問題食欲は皆無だった。

無理に胃へ詰め込めば、気分が悪くなってしまう予感がある。

せめて飲み物だけでもと思い、春乃は冷めてしまったコーヒーに口をつけた。

「……母の容体はかなり悪いのですか?」

「病状の割には、元気だ。少し痩せてしまったが、言われなければ病気とは思わないかもしれない。——すまない。僕がもっとおばさんを気にかけて、早く病院へ連れて行くべきだった」

「要さんは何も悪くありません」

責められるべきは、むしろ春乃だ。

娘なのに、離れて暮らす母の変化に全く無頓着だった。

もっと頻繁に会っていたら。もしくは前回帰った際に、異変を察していたなら。悪化する前に通院を勧められたし、緊急の入院や手術が必要な事態にはならなかったかもしれない。

己の至らなさが歯がゆくて、自己嫌悪が込み上げた。

車窓を夜の景色が流れてゆく。

また泣きそうになり、春乃は気を紛らわせるため別の話題を探した。

「……先ほどの話ですが、母の治療に関してかかる費用は、必ずお返しします。ですから、大変申し訳ありませんが、立て替えていただけますか？」

逆立ちしても、今すぐに纏まった金額を用意するのは難しい。

どちらにしても借金しなくてはならないなら、業者よりも彼に頼んだ方が返済や利息などの便宜を図ってもらえると思った。

——お母さんも、自分のために私が負債を背負ったと知ったら、きっと気にする。少しでも気掛かりは減らしてあげたい。治療費のことは考えなくていいと伝えたら、安心してくれるよね……。

「——その話なら、僕がどうにかする——と言いたいが、春乃は納得しそうにないな」

「当たり前です。何年かかっても、お返ししますから……」

「今の仕事の給与では、現実問題難しいんじゃないか？　それにおばさんの傍にいたいだろう？」

「……っ」

図星のあまり、言葉に詰まった。

正直、春乃の収入は高くない。副業してもたかが知れていた。しかも目一杯働くとなれば、当然母に付きっきりとはいかなくなる。

その事実を指摘され、反論が見つからなかったのだ。

仮に母が無事退院できたとしても、すぐに以前と同じ日常には戻れないはず。

となると春乃が母の身の回りの世話をしつつ、大人二人分の生活費を稼がなくてはならなくなる。

——勿論、お母さんは神宮寺の家政婦を辞めるしかない。その場合、住むところも探さなくちゃ……。

現実の厳しさが、一気に自覚できた。

——本当に可能なの？　ううん。できるかどうかじゃない。やるしかない。

想像の域を出ないのに、重くのしかかる重圧で押し潰されてしまいそうだ。

それでも弱音を吐いている暇はない。春乃は己を奮い立たせて、深呼吸した。

「大丈夫です。最悪、もっと効率的に稼げる職種へ転職します」

いざとなれば、夜の仕事も厭わない。

酒は飲めないし、異性と気軽に喋れる性格ではなく、そういった経験は皆無であっても、母のためなら頑張れる。

膝の上で握りしめた春乃の拳は、小刻みに震えていた。

「……だったら、僕が春乃を雇う」

「え……っ」

驚いたのは、要の想定外の台詞だけが理由ではなかった。

そっと重ねられた手。

春乃の拳の上に乗せられた彼の手が温かい。

その温もりと重みに動揺したためだ。

「や、雇う？」

「ああ。おばさんの傍にいられて、かつ充分な報酬を得られる方法がある」

そんな夢のような選択肢が存在するのか。

半信半疑ながらあまりにも魅力的な話に、春乃はつい要を凝視した。

「今の仕事は辞めて、引っ越ししてもらうことにはなるが」

「……っ、か、構いません。でも私にできる仕事がありますか？」

しかも好待遇で。

どんなきつい仕事であっても引き受けるつもりで、身を乗り出す。

たとえその結果、今より燻る恋心で苦しむことになったとしても、春乃は甘んじて受け入れる心積もりだった。

「何でもします」

「……本当に？」

迷いなく、頷く。誇張も嘘もなく、心の底からの本心だ。

違法な行為でない限り本気でどんなこともする気で、真摯に彼の瞳を見つめ続けた。

視線が絡み、数秒。

車内を重苦しい静寂が支配する。

不意に、要の双眸が色を変えた気がするのは見間違いか。

仄かに細められた瞳は、これまで見たことのない眼差しだった。

「……分かった。それなら――……君が僕の子どもを産んでくれ」

静まり返った車内で、思いの外彼の声は明瞭に響いた。

それなのに、まるで意味が分からない。唖然としたまま、春乃は瞬いた。

――今、おかしな言葉が聞こえた気がする。お母さんの件で、冷静じゃないせい……？

そうとでも考えないと、意味が通らない。

あり得ない事態に、己の許容値が溢れてしまったらしい。だから馬鹿げた聞き間違いをしてしまったのだと、結論付けた。

「あ、あの……もう一度おっしゃっていただけますか？　私、上手く聞き取れなかったみたいで……」

「――かつてした約束を今果たしてほしい。……春乃は昔、『何でもする』と言ってくれたよね？　覚えている？」

要が何の話をしているのかは、すぐに分かった。

小学校時代、虐めに遭っていた春乃を彼が助けてくれ、その際告げたことについて言っているのだ。

けれどあれは子どもの口約束。

勿論、感謝の気持ちに嘘はなく、あの時は本気で何でもするつもりだった。

それは今も変わらない。

彼が望むなら、大抵のことは厭わないと断言できた。

それこそ犯罪絡み以外なら、春乃は喜んで身を粉にして働く所存だ。精神的、肉体的にきつくても問題ない。

しかし想定していた『何でも』の中に、要が要求した内容は含まれていなかった。

――子ども？　子どもって赤ちゃんのことだよね？　要さんの子を……産む？　私が？

追い付かない理解力が空回りしている。

いくら言われた意味を噛み砕こうとしても、どうにも不可解過ぎた。

いっそ、今日のことが丸ごと悪い冗談や悪夢であったらよかったのに。

質の悪いドッキリでもいい。

全部嘘でしたと、誰かがネタばらしするのではないかと視線を左右に泳がせたが、残念ながらそんな気配は微塵もない。

真剣な彼の様子は、春乃の淡い期待をものの見事に打ち砕いた。

「――僕が春乃に対する嫌がらせを解決した後、君は確かに言った。……忘れてしまったのか？」

「……ぇっ、い、いいえっ……ちゃんと覚えています」

「忘れられていなくて安心した。それなら――今こそ果たしてくれ。君に僕の子どもを産んでほしい」

改めて懇願され、最早幻聴とは思い込めなかった。

そんな逃げ道を許してくれない空気に、搦め捕られる。

呼吸を忘れ、瞬きも許されない。

ただひたすら、春乃は要の双眸の奥に真意を探した。

か細い希望であっても、『冗談だ』と笑ってくれるのではないかと。

だがいつまで待っても綻ぶことがない彼の唇は、引き結ばれたまま。強い決意を感じさせる様子に、春乃の全身が戦慄いた。

――約束……確かに私が言った。でも……いくら何だって頷けない……

セフレになれと命じられたら、傷つきつつも春乃は引き受けた。

けれど『子ども』を求められているなら、自分だけの問題ではない。命であり、責任が発生する。

人の人生を変えてしまう要求を軽々しく呑めるわけがなかった。

何より、その程度のことが理解できない要ではないはずだ。ならば他に目的があるのではないかと思い直した。

「あの……突然どうされたのですか？　ご実家で何か問題でも……？」

神宮寺家の跡取り息子である彼が、身を固めることを求められているのは容易に想像できた。早急に次の後継者を期待されていたとしても不思議はない。

しかしそれなら、然るべきお相手と結婚すればいいだけだ。候補者ならいくらでもいる。

神宮寺と縁組したい家は、列をなしていると言っても過言ではなかった。

「問題は色々あるが、最近特に周りが煩くてね。中にはあからさまに自分の娘を勧めてくる者もいるし、断るのに苦慮する相手もいる。最近いちいち躱すのも面倒になって、無用な時間を取られるのが煩わしい。両親は僕の好きにしろと言っていても、内心早く伴侶を決めてほしいのが本音だろう」

溜め息交じりに告げる要は、うんざりしているのか吐き捨てる口調で続けた。

「これ以上くだらないことに時間を喰われては、仕事にも私生活にも影響が出る。中には断られた腹いせに、僕が不能だと根も葉もない噂を流す者までいた。流石に、広まりはしなかったが」

「そ、そんな嘘を……?」

あまりにも品がなく、愕然とした。

春乃が母と神宮寺で暮らしていた当時も彼のお見合い話は沢山あったが、今はその比ではないらしい。

圧力めいたものもあるのだと、要は語った。

「そんなものにうちが屈することはないが、鬱陶しい。身を固めてしまえば静かになるのだとしても――今すぐ適当な相手を選んで結婚する気にもなれない。義務と対面のために家庭を持つのは嫌だ」

彼の言わんとすることは分かる。

春乃だって、周囲の事情で結婚を急かされたくはない。自分と要では立場が違うとしても、彼の気持ちは充分に理解できた。

「……大変なんですね」

「ああ。仕事以外で労力を奪われるのは、ごめんだ」

家柄のいい人も庶民とは違う悩みがあるのだなと、同情する。春乃には分からない世界だ。

軋む胸から意識を逸らし、春乃は睫毛を震わせた。

「……だ、だとしても何故急に私に子どもを産んでほしいなんて……」

「相手は誰でもいいとはいかない。妻の実家に過剰な口出しされるのは困る。利害関係が顕著な両親では、我が子に悪影響も出るだろう。その点春乃なら——きっと僕らは上手くやれる。君は子どもに優しいし……嫌いじゃないだろう？」

言われた通り、子どもは好きだ。

昔の夢の一つは保育士でもあった。

けれどだからと言って『なるほど、分かりました』とはならない。

要約すれば、都合がいい女として見做されたに過ぎなかった。

春乃は神宮寺家に対して口出しできる力はなく、過度な要求をせず黙って従うと思われているだけ。

まるで便利な道具だ。そんなもの、代理出産と大差ないではないか。

——でも……少しだけ嬉しいと感じている馬鹿な私がいる……

どんな計算があったのだとしても、要の子の母親として選ばれた事実が、春乃の心を惑わせた。

少なくとも、嫌われてはいない。もっと言えば、多少の情もあるのでは。それが恋愛感情でなかったとしても。

「報酬は支払う。勿論、おばさんの看病を優先していい。君にとって、決して悪い話じゃないはずだ」

「……私が要さんの子どもを出産したら、認知するということですか？」

春乃は無意識に片手で下腹部に触れていた。

こんな提案に心が揺らいでしまう自分が悲しい。

母の治療にかかる金額を言い訳にして、己の恋心と倫理観の狭間で惑っていた。

「認知？　まさか春乃は籍を入れずに僕の子を産むつもりか？」

「え？」

怒気を孕んだ声音に驚いて、春乃は俯いていた顔を上げた。

視線の先には、強張った顔をした彼がいる。

深く刻まれた眉間の皺すらも絵になるが、今はそんなことを思っている場合ではない。

苛立ちを宿した視線に貫かれ、春乃は口籠った。

「あ、の……」

「僕をそんな卑劣な男だと思っているのか。きちんと君の人生に対して責任は負う。それに我が子を私生児にするつもりもない。きちんと結婚した上で春乃には僕の子を産んでもらいたい」

クラリと眩暈がした。

耳鳴りもしている。

それなのに一言一句、要の言葉は聞き取れた。

衝撃のあまり理解しきれたとは言えないが、ぶつかった視線は春乃を雁字搦めにする。

心音が煩く、破裂しそう。

意味もなく開閉する唇は、何も言葉を発せなかった。

「おばさんも、君が結婚するとなれば、希望が湧いてくるかもしれない。まして孫が誕生するなら生きる気力が増すに決まっている。病気に打ち勝つには、免疫力の向上が不可欠だ。病は気からと言うだろう？　……ほら、いいこと尽くめだと思わないか？」

呆然として、返事はできなかった。

車は春乃の狼狽など無関係に宵闇を進んでゆく。

閉じられた空間の中、いつまでも春乃は彼と見つめ合っていた。

2　我慢をやめた夜

母は覚悟したよりも容体は悪くなさそうだった。

痩せてはいたが、恐れていたほど窶《やつ》れてはおらず、静かに病室のベッドに横たわっていた。

とは言え、会話したのではない。

春乃たちが病院に到着したのは二十三時を回り、母は既に眠っていたためだ。

それでも神宮寺の名前のおかげか、寝顔を確認することは許された。

規則正しい寝息を立てる母を見て、春乃がホッとしたのは言うまでもない。

起こさないよう病室を出て、危うく廊下でしゃがみ込みかけたほど安堵感で一杯になった。

——だからって、楽観的にはなれないけれど……

そんな遅い時間に行ったにも拘らず、担当の医師が母の病状や今後の治療計画を懇切丁寧に説明してくれたのは、春乃の隣に要がついていてくれていたからに違いない。

まさにＶＩＰ扱い。彼の威を借りているようで申し訳なくもあったが、途轍もなく心強くもあった。

もし自分一人だったらこんな特別扱いはしてもらえないだろうし、心細くて堪らなかったと思う。暗がりの中孤独に放り出されたようで、きっと身動きが取れなかった。

さりげなく背中を支えてくれる要の手が、どれだけありがたかったことか。

だから、車内で交わされた常識外れの提案は、一時的に春乃の頭の中から消え去った。

——早急に手術をしてもらえることが決まって、よかった……成功率は半分だとしても、希望はある。

今夜要が春乃を迎えに来てくれなければ、自分は何も知らないまま全ての処置が遅れ、母を喪うことになるところだった。

まだできることがあるのが、救いになる。

そう思うと、彼への感謝が際限なく大きくなった。

「今夜は僕の部屋に泊まるといい。部屋は余っている。おいで」

病院で付き添いはできないと言われ、春乃はどこかビジネスホテルか二十四時間営業の店で一晩を過ごすつもりだった。

けれどこの時間から宿を探すのは骨が折れるし、とても疲れてもいる。

故に宿泊場所を提供してもらえるのはありがたい。

しかし素直に『お願いします』の言葉は出てこなかった。

理由は一つ。

やはり一旦頭の隅に追いやっていても、先刻告げられた『子どもを産んでくれ』の件が、二人の間に微妙な溝を作っていたからだ。

「あ、その……私のことなら気にしないでください」

「そうはいかない。まだ話は終わっていない」

やんわり忘れた振りをするのも許してもらえず、無情にも蒸し返された。

春乃を支えてくれていた腕が、急に自分を捕らえる鎖に変わった気がする。

半ば連行されるように春乃は再び車に乗せられ、到着したのはこれまで一度も足を踏み入れたことがない要の住むマンションだった。

コンシェルジュが常駐するマンションは、庶民には縁のない建物だ。

広いエントランスはホテルさながら。

どこもかしこも煌びやかで、デザイナーズ物件ということもあり、非常に洒落ている。

場違いな気がして、尻込みせずにはいられない。

高層階専用のエレベーターに乗り込み上昇する間も、春乃は居心地の悪さを持て余していた。

——こんな安っぽくてくたびれたスーツ姿のまま出入りしていい場所じゃない……

「入って」

最上階に位置する彼の部屋は、自分などが足を踏み入れるのが申し訳なくなる豪華さだった。

特別高価なものがこれ見よがしに置かれていなくても、家具や窓から望む景色が、春乃には異世界同然。

神宮寺の家も格式高く素晴らしかったが、あちらは代々受け継いできた歴史を大事にしていた。

対して要の部屋は、近代的で最先端。

無駄なものがないながら、彼の拘りが感じられる住居だった。

清潔感のある白を基調に、青と黒で家具は統一されている。

生活感が乏しく、まるでモデルハウスのよう。それでいて窓の傍には小振りなサボテンの鉢がポツンと置かれていた。

——あれは……

他のインテリアにそぐわない唐突感。

プランターに描かれたのは、フクロウの柄。どう考えても、要の趣味ではない。

それはそうだ。何故ならそのサボテンは、春乃が高校生の時に彼へ誕生日プレゼントとして贈ったものだった。

「あ、あんなもの、まだ持っていらしたんですか……っ？」

「え？　ああ、君に貰ったものだから、当たり前だ」

当時は勉強が忙しくてアルバイトもままならず、短期バイトで稼いだ分は全部、家計の足しにしていた。

母は『そんなことしなくていい』と言い、律儀に貯金してくれていたのだが、とにかく万年金欠状態だったのだ。

だから小遣いはギリギリで、要への誕生日プレゼントを買うのも難しかった。

それにたとえ資金がたっぷりあったとしても、春乃に購入できるものなんてたかが知れている。

望めば何でも一流品や高級品を手に入れられる彼にしてみれば、いらないものを貰っても迷惑だろう。

そこで、邪魔にならず、仮に処分することになっても迷惑が掛からないものにしようと決めた。

幸いにも要の母である神宮寺の奥様は植物を育てるのが好きで、自分専用の温室を持っている方だ。

最悪、息子がサボテンを持て余せば、彼女が引き取ってくれるかもしれないという計算もあった。

「フクロウは『不苦労』で苦労知らずの意味があるんだろう？　そりゃ大事にするよ。まだ高校生のくせに、随分迷信めいたことを言うんだなって面白かったから、よく覚えている」

「……忘れてくださって、いいのに……」

縁起物なのは本当だが、ダジャレ好きと思われたなら、恥ずかしい。

同時に、昔のたわいない会話を彼がきちんと記憶してくれていたことが、途轍もなく嬉しかった。

「今夜は疲れただろうから、詳しい話は明日にしよう。この部屋を使うといい。バスルームはあちら。その隣の扉がトイレだ」

案内された部屋は客間なのか、ベッドがある以外は殺風景だった。

それでも寝具は清潔で、寝心地はよさそうだ。

ざっと説明されて、春乃は頬を赤らめたまま反射的に頷く。すると要が淡く微笑んだ。

「……心配しなくても、覗いたり襲ったりはしない」

「そ、そんな心配はしていません」

「そう？　まるで不安で仕方ないって顔をしていた」

「それは……母のことが気になって……」

半分本当で、半分嘘だ。

ずっと母のことが心にあるのは事実。だがサボテン一つでときめいたのも本当だった。長年好きだった人を意識せずにはいられない。

しかもとんでもない提案をされたばかりだ。

簡単に頭を切り替えられる器用さを、春乃は持っていない。今も混乱は続いていた。

——それに……いくら疲労感があっても、お母さんのことを思えばこのまま眠れる気がしない……怖くて、気を抜くと泣きたくなる。

神経がささくれ立っていて、眠気は皆無だ。おそらく横になっても休めない。

一晩中思い悩むのが容易に想像でき、端的に言うと心細かった。

そんな気持ちが表情に表れていたのか、立ち去りかけていた要が戻ってくる。

大きな手で目尻に触れられると、得も言われぬざわめきが胸の内を擽った。

「……それなら、少し話そうか」

「は、はい……」

どうせ後回しにしても結果が変わらないなら、気になる件は早めに片付けておきたい。目が冴えて、気持ちが高ぶっている。

下手に暗闇で横になれば、余計なことを悶々と考えるのが必至。

一人過ごす不安な夜に、打ちのめされそうなのもある。

誰かに——要に傍にいてほしいと願ってしまった。

「……座って。もし眠くなれば、そのまま寝られるように」

ベッドに腰掛けた彼が隣を示し、椅子が見当たらないので春乃は素直に従った。

肩が触れる距離に、要がいる。

冷静になって考えれば、深夜の時間帯に寝室で他人の男女が二人きり。

意識し出すと途端に落ち着かなくなって当然。

幼い頃は特に何も感じなかったけれど、大人になった今ではとても平常心を保てなかった。

「あ……リビングに戻りましょうか。わ、私何か飲み物を用意します」

「喉が渇いた？」

「い、いいえ。私は車内でコーヒーをいただきましたし……」

「僕も平気だ。喉は渇いていない」

リビングへ戻る策はアッサリと躱された。

飲み物は必要ないと告げられれば、これ以上場所を変えようと主張し難くなる。変に言い募ると、まるで本気で襲われることを警戒しているみたいではないか。

「あの、私……」

「車内で言った話は、全部本気だよ。僕は春乃に自分の子どもを産んでほしい。君が恩返ししたいと思ってくれているなら——今こそ約束を果たしてくれ」

喉奥が痺れて、返事ができない。

いや、返すべき言葉が見つからず、声も出なかった。

否も諾も正解とは思えなくて、視線を揺らすのが精一杯。

喘ぐように息を継ぎ、絞り出せたのはたった一言だった。

「何故……」

掠れた声は弱々しい。それでも音にできたことでようやく春乃の身体はまともに動き始めた。

「常識的に考えて、あり得ません……」

「どうして？」

「だ、だって子どもですよ？　そんな簡単なことじゃ……」

「君に身体的な負担をかけることは確かだ。その分、報酬は望むだけ支払う。今後の生活に不自由はさせない。——それとも……春乃は僕が嫌いか？」

その質問は卑怯だと思った。

きっと彼は、自分が要へ長年恋心を抱いているとは夢にも思っていない。

彼自身、春乃をそういう対象に見たことなんてあるはずがなかった。

だからこそ、残酷な問いができるのだと思う。

何とも思っていないからこそ、仕事のように。報酬が釣り合っていて嫌悪感がなければ、損得勘定で春乃が頷くと信じて疑わないに決まっていた。

実際、『心』を抜きにして考えれば、これほど好条件の話はないのだ。

春乃がただ要の子どもを産むだけで、母は最高の治療を受けられ、金の心配をすることもない。今後の生活も保障される。

しかもきちんと入籍してくれるなら、春乃の身の上も当面安泰ではないか。母の看病を優先していいとまで言ってくれている。

今の職場に勤め続けるなら不可能だ。転職するにしても同様。

――子どもを私生児にしたくないから籍を入れるとおっしゃっていた。だとしたら無事出産後は赤ちゃんを奪われ離婚されるのかな……――でも失うものよりも得るものの方が圧倒的に大きい……

打算で考えるなら、受け入れた方が得。

頭では分かっている。春乃が悩める立場にないことも。

それでも迷うのは、偏に燻る恋心があるからだった。

彼を愛しているからこそ、軽々しく頷けない。恋情が壁となり、悲しい関係を結びたくないと叫んでいた。

――だって、あまりにも寂し過ぎる……

恋しい人に求められているのが、従順で使い勝手のいい道具としての働きだけなんて、惨めで虚しい。

多少の信頼が根底にはあるのだとしても、それは春乃が渇望するものではなかった。

愛情で結ばれていない人との間に子を生すなんて、自分の倫理観の中では許されない。大罪だ。

確実にいずれ心が罪悪感で破綻する。

しかも傷つき後悔するのは春乃だけに留まらない。生まれた子が、己の出生について知ったら、どんなにショックを受けることか。

考えると、一層『絶対に駄目だ』と思った。

――断らなくちゃ。要さんなら他にもっと適切なやり方がある。それに将来的に素晴らしい伴侶が見つかるに決まっているもの。

けれど同じだけの強さで、『本当に断っていいの？』と囁く声もあった。

こんな機会は、おそらく二度と訪れない。

どんな形であっても、自分なんかが要に選ばれたのは奇跡に等しかった。もし春乃が無理だと告げれば、彼は別の女性に同様の提案をするのか。

そう思い至れば――春乃の口からこぼれたのは、用意した返事とは真逆のものだった。

「……要さんの希望を叶えれば……本当に私たち親子を助けてくださいますか……？」

「ああ。約束する。契約書を交わしてもいい」

己の醜さと卑怯さに吐き気がする。

これほど自分が計算高く恥知らずだなんて知らなかった。

条件に釣られた振りをして、本音では一生打ち明けるつもりのない恋心を慰めようとしている。

彼の子を授かれるなら、歪んだ繋がりでも構わないと——考えるより先に心が答えを出していた。

突如降って湧いた幸運を、むざむざ他の誰かに渡したくない。

世間一般的な愛情ではないとしても、要の傍にいられる権利にしがみつきたかった。

もし母が手の打ちようがない病状であったなら、こんな馬鹿げた発想は生まれなかったかもしれない。

春乃は悲嘆に暮れても、理性的に正しい選択ができた。立ち直るまでに時間はかかっただろうが、道を踏み外す真似はしなかったに違いない。

矜持を掻き集め、彼を諭す程度はやってのけたはずだ。

——でも今ならまだお母さんを助けることもできる。私が決意さえすれば。

その上、本当の想いを生涯隠し通し、ビジネスライクに割り切ったと見せかければ、彼の隣にいられる。

弱った心に蠱惑的な未来をチラつかされ、堕ちずにいるのは難しい。

春乃は正論を叫ぶ声に背を向け、誘惑の囁きに耳を傾けた。

「……要さんの望む通りにします……」

「春乃……」

抱きしめられて感じたのは、歓喜と侘しさ。

相反する感情に引き裂かれる。

嬉しいのに切なくて、自分から彼の背中へ腕を回すことはできなかった。そんな資格もない。

醜い欲に負けた。どんな理由を並べ立て己を擁護しても、現実はそれだけだ。

「早急に婚姻届を出そう。おばさんの体調を見て、できるだけ早く結婚の報告もしよう」

要が明るい声で言うのは、希望が叶えられたのと同時に、彼にとっても春乃の母親が大切な人だからだろう。

良い話題で、元気を取り戻してくれればと願ってのことだと分かる。

軋む胸に去来するのは複雑な思い。

色々入り乱れたそれは、一言で説明するのは不可能だった。

——好きな人に抱きしめられて素直に喜べないなんて……

それでも背中を撫でてくれる掌に心臓がドキドキしてしまう。彼の香りを吸い込んで、安堵とやりきれなさを味わう。

しばらくそのままじっとしていると、突然春乃の重心が後ろに倒された。

「え……」

瞳に映るのは天井。背中は柔らかなベッドに支えられている。

驚きに見開いた視界には、こちらを見下ろしてくる彼がいた。

「……春乃が迷っている間は手を出すつもりはなかったが……心を決めたのなら、遠慮しなくていいかな？」

「何を……」

こんな角度で要を見つめたことはない。

だからなのか、陰影を刻む彼の表情がこの上なく淫靡に感じられた。

落ちかかる前髪が男の瞳を僅かに隠す。されど視線の圧を和らげるには至らなかった。

要の双眸は冷静な色をしているのに、妙に熱く危険な焔が揺らいでいる。

その熱が春乃の肌を焦げ付かせそうで、無意識に身震いした。

「あ、あの……急にどうされたのですか」

敢えて明るい声を出したのは、雰囲気を変えたかったためだ。

経験したことのない空気に呑まれ、表情を上手く取り繕えない。緊張感が高まって、おどけてみせる以外方法が思いつかなかった。

「……分からない振りをしている？　それとも──本気で僕をそういう目で見たことがない？　信用してくれているのなら喜ぶべきだが……今は少しくらい意識してもらいたい」

放り出されていた春乃の手に、彼の手が重ねられる。

指の間を擦るように深く繫がれ、ゾワゾワとした愉悦が広がった。

「おっしゃる意味が、よく……」

「分からない？　それじゃ、はっきり言う。前言撤回するよ。今から春乃を襲うつもりだ」

「……っ」

春乃の喉奥で、掠れた悲鳴が上がった。

ゴクリと上下した喉へ、要が唇を落とす。

押し付けられた柔らかさと熱に、春乃は愕然とした。

「や……っ」

「暴れないで。無理やりしたくない。春乃にも……悦んでもらいたい」

首から耳朶へ口づけが移り、淫猥な囁きを注ぎ込まれる。体内に侵食するような声音が、不可思議な疼きとなって春乃を戸惑わせた。

「僕はできるだけ早く子どもが欲しい。──おばさんにとっても、その方が生きる希望が湧くじゃないか」

麻薬めいた台詞と美声に、クラクラした。

良識と倫理が揺さ振られる。

春乃にとって『当たり前』だった世界が根幹から崩れてゆく錯覚に陥った。

「……どうしても春乃が嫌なら今夜はやめてあげる」

初めてのことに動揺し、ギュッと目を閉じれば、覆い被さっていた彼の身体が僅かに離れた。

心音まで響きかねないくらい密着していたものが遠退くと、急に寂しくなる。

春乃がつい瞼を押し上げ要を見上げると、彼は無表情でありながらほんのりと辛さを覗かせた。

「……少しくらいなら時間をあげる。でも君はもう僕のものだ」

やめると言いつつ、握る手の強さは増している。言葉よりも雄弁に『逃がさない』と告げられているよう。

意味もなく開いては引き結ばれた春乃の唇へ、要の唇が触れた。

人生初めてのキスは酩酊しそうに甘い。

驚愕で緩んだ隙間に、彼の舌が滑り込んできた。肉厚で生温かなそれは、我が物顔で春乃の口内を舐め回す。

逃げ惑うこちらの舌を搦め捕って、粘膜を擦り合わせてきた。

「ん……っぅ、ふ……っ」

他者の舌が自分の口の中を満たす感覚は、普通であれば嫌悪感を抱くのかもしれない。友人でも、家族でもしない行為だ。

唾液が混じり合い、息が苦しい。

しかし相手が要だと思うと、何もかもが喜悦に変わった。

頭がぼんやりとし、肌が粟立つ。酸欠すら愉悦の糧になる。

触れた部分の全てが熱を孕み、体内が潤むのを感じた。身を捩ると服が擦れ、彼の重みが増してくる。

先ほど一度離れた分を埋めようとでもいうのか、もっと切実に密着した。

「……突き飛ばさないなら、このまま抱くよ」

「……っ、シャ、シャワーを……っ」

嫌だと即言わなかったことが、春乃の答え同然だった。

拒否していないと要も解釈したのか、より大胆に春乃の身体に触れてくる。掌から移動した手は、ささやかな胸の膨らみへ置き直された。

「ぁ……っ」

「……一緒に入る？」

「無理です！　そんな……」

「それなら、後にしてほしい。もう、我慢できない」

滾る息を吐き出した彼が、ぎらつく瞳でこちらを凝視してくる。射抜かれそうな眼光に、春乃も何も言えなくなった。

「……本当はずっとこうしたかった」

「え……？」

囁きの意図は汲み取れない。

聞き返したかったけれど、そんな余裕はなかった。

服と下着越しからでも胸の頂のありかを探られてしまい、もどかしい掻痒感に思考力が鈍くなる。

いやらしく立ち上がった先端を捏ねられると、擽ったくて堪らない。

身を捩るうちに服をたくし上げられ、春乃の上半身を冷えた空気が撫でた。

「肌、白いな」

「や……っ」

剝き出しの腹を摩られて、ブラを外される。締め付け感がなくなったことよりも、素肌を隠してくれるものが着実に剝ぎ取られてゆくことに、戸惑いを隠せなかった。

「ま、待って」

「待てない。もう散々待った」

上体を起こそうともがいた春乃は、乳嘴を食まれて身悶えた。

温かな口内で乳首を転がされ、吸い上げられる。恥ずかしくて気持ちがいい。

自分で触れても何も感じないそこは、信じられないほど敏感に変わっていた。その上貪欲に快楽を享受しようとしているのか、更に硬く尖る。

反対側の乳房の頂は要の指先で捏ねられ、違う刺激を送り込まれた。

「ぁ、あ……っ」

ゾクゾクする。

しかも触れられているのは胸なのに、どうしたことか下腹が落ち着かなくなる。

春乃は無意識に膝を擦り合わせ、体内の疼きをごまかそうと足掻いた。

とてもじっとしていられない。何かが飽和しそうになっている。このまま際限なく膨れ上がると、自分がどうなってしまうのか恐ろしくもあった。

「だ、駄目……っ、そんなにしちゃ……っ」

「感じ過ぎて辛い?」

眼尻の涙を吸い取られ、赤子をあやすように頭を撫でられた。

一旦舐められることから解放された胸の飾りは、ジンジンと熱を帯びている。唾液に塗れているせいで余計に空気の流れを過敏に感じ、恥ずかしいくらいに充血していた。

――どうしてこんなことになっているんだっけ……？

数時間前まで母の病室にいた。

その前は、いつも通りに仕事を終え、やや早い帰宅を喜んでいたはずが、それらの全てが随分遠いことのように感じられた。

茫洋とした頭は考え事に向いていない。

乱れた息を整えるのが限界で、春乃は忙しく肩を上下させた。

だがぼうっとしていられたのは、ここまで。

スカートと一緒にショーツを下ろされ、強制的に現実へ引き戻された。

「きゃ……ッ」

もはや裸身を守ってくれるものは一つもない。手際よく、生まれたままの姿にされてしまった。

今更ながら両腕で身体を隠そうとしてみたものの、春乃の手は再びシーツに押さえつけられる。

さほど力が込められてはいないのに、逃れられない。

仄かに上気した要から滴る色香にあてられ、抵抗を忘れた。

「……触るよ」

脚の付け根へ潜り込んできた指先に、秘めるべき場所を弄られる。

大人になってからは誰にも見せたことのない部分を弄られ、息が詰まった。衝撃のあまり、声も出ない。

ビクッと全身が引き攣って、脚を閉じることすら思い浮かばなかった。

震えて強張る春乃を宥めているつもりか、殊更ゆっくりと蜜口を辿られる。それが自身の形を伝えてきて、とても居た堪れない。

羞恥心が膨らんで、もう何が何やら自分でも分からなくなった。

逃げたいのか。叫びたいのか。それとも彼を受け入れたいのか。

全てが初めての春乃は判断できず、ひたすらシーツを握りしめて、淫らな責め苦が終わるのを待った。

「大丈夫、力を抜いて」

「そ、んな……やぁ……っ」

膝に男の手がかけられ、左右に割られた。

秘部に視線が注がれているのが嫌でも伝わってくる。春乃は咄嗟に腿を閉じようとしたが、それよりも早く要が両脚の間に身体を滑り込ませてきて、叶わなくなった。

「だ、駄目です。汚いから触らないで……！」

一日働いて、こんな時間まで汗を流してもいない。

シャワーは結局浴びられないままなのを、否応なく意識した。

そうなると気恥ずかしさが再燃する。ようやく、本当の意味で事態が呑み込めたのかもしれない。

長年心を寄せていた相手に全て見られ触れられているのだと思い至れば、頭の中が真っ白になった。

「存分に解さないと、春乃が辛い。……君は初めてだろう？」

とんでもない質問に、唖然とした。

これまで一度も交際経験すらない春乃は、当然処女だ。要を想いながら、適当に別の相手と付き合えるような割り切り方ができる人間ではない。

しかし馬鹿正直に言えるはずがなかった。自分にだって、つまらない矜持はある。

驚いたのと答え難さで戸惑ったので、返答が遅れた。

たぶん、それがよくなかったのだろう。

要の双眸に剣呑さが宿る。明らかに下降した機嫌が、室温すらも低下させた。

「——違うのか？　どこかの男にこの身体を許したことがある？」

「あ、ありませんっ、そんなこと一度もないです……！」

もしや生娘であることが、春乃が選ばれた理由の一つなのだろうか。

そう考えてしまうほど、彼の様子が一変した。

——要さんは女性の経験の有無を重要視しているの？

遊び慣れていた場合、病気のリスクを心配しているのかもしれないと思い、胸中で『なるほど』と漏らす。

――だから私なんだ……

如何にも異性に縁がなさそうな女だから。そして健康であり、妊娠出産の適齢期。煩いことを言いそうになく、口が堅いことも長年傍に仕えていたのだからよく知っているはずだ。

あらゆる意味で丁度良かったに違いない。

しかも金に困っているとなれば、報酬で思い通りに動かせる。

用済みとなった暁には、簡単に契約解除できると踏んだのではないか。

――馬鹿だな、私……もしかしたら欠片でも要さんが私を――だなんて甘い夢を見るなんて……

自分でも呆れてしまう。

ありもしない希望を必死に探していたらしい。

胸が痛くて、鼻の奥がツンとする。

にも拘らず、それでも好きだと想う気持ちは捨てられなかった。とことん、愚かだと思い知る。

だが恋情はどこまで行ってもままならない。自力でコントロールできるくらいなら、とっくにそうしていた。

忘れる、諦めるという単純なことさえ思い通りにならず、懸命にもがき苦しんでも無理だったたから、離れて四年経った今でも恋の病はちっとも癒えてくれないのだ。

むしろひょっとしたら、昔よりも厄介なものに変わりつつある。

春乃が初めてだと宣言すると、どこかホッとして鋭さを和らげた彼にときめいてしまうなんて。

「……よかった」

思わず、という風情で吐き出された台詞をどう解釈すればいいのか分からない。ややもすると、懲りもせず期待が疼く。

ただ、合わせた唇は官能的で、痺れるほどに甘かった。

「春乃の全てを、僕が貰うよ」

「あ……っ」

膝裏に添えられた手で、脚を更に割り開かれる。

ぶわっと総毛だった肌が汗で湿り、皮膚を辿る指先の感触を生々しく伝えてきた。

下生えを梳かれ、微かな刺激が恥ずかしい場所から全身へ巡る。

それが喜悦になるまでに時間は必要なかった。

緊張やら羞恥やらで詰めていた息が、次第に弾み濡れてくる。乱れた吐息は、いくら堪えようとしても無駄だった。

荒い呼吸音が恥ずかしい。

平気な振りをしようとしても、春乃の身体はどんどん変化してゆく。

今や爪先まで汗ばんでいる気がし、吐息の起こす風にすら過敏に反応して、ビクッと背を震わせずにはいられなかった。

「……は、ぁう……ッ」

これ見よがしに自身の指を舐めた要が、唾液塗れの指で花芯を転がす。

初めは触れるかどうか絶妙な力加減で。

表面を撫でたかと思えば、次第に二本の指で扱かれるようになった。

「や、ぁ、あ……！　駄目、ぁあっ」

見知らぬ快感に翻弄される。

がっしりと太腿を固定され、春乃は逃せない快楽に髪を振り乱した。

だがもし上から押さえられていなかったとしても、逃亡は叶わなかったと思う。

不随意に痙攣する肢体は、とうに春乃の制御下にはなかった。

どこもかしこも上手く力が入らない。彼にされるがまま鳴き喘ぐだけ。

肉芽を捏ねられると思考力は鈍麻する。爪先は丸まり、指先は縋るものを求めて虚しくシーツに爪を立てることしかできなかった。

「はぅ……ッ、ぁ、あんッ、や……！」

　水音が大きくなる。

　自分の下肢から奏でられる淫音は聞くに堪えない。それでも耳を塞げずに、花芽を虐められ、隘路を掻き回され続けた。

「ふ……ぁ、ぁ、あッ」

　ごく浅い部分を擦っていた要の中指が、ゆっくり奥へ入り込む。何物も受け入れたことのない蜜道は、異物を排除しようと蠢いた。

「……狭いな」

「あ、あ……やだぁ……っ」

「痛い？」

　痛みはない。けれど違和感はすさまじい。己の内側に何かが入り込む恐怖もあった。

「ぬ、抜いて……」

「春乃の願いなら何でも叶えてあげたいが、それは無理かな。もう強がって我慢するのはやめたから」

「ひ……っ」

　濡れ襞をゆっくり擦られ、腰が勝手に動いてしまう。

　同時に陰核を親指で潰され、春乃は数度四肢を強張らせた。

「んぁあッ」

「一所懸命膨らませて、僕に触ってほしいと強請っているみたいだ」

「ひぁッ、ち、違……ぁ、あああッ」

こちらからは見えなくても、どこが膨らんでいるかは、明らかだった。

今まさに執拗に責められている場所。

神経が集中し、女性が一番弱い箇所だ。集中的にそこを捏ねられると、愉悦が際限なく成長してゆく。

溢れた愛蜜を塗りたくられた花蕾は、玩具のように甚振られた。

にちゃにちゃと粘着質な水音が響き、室内を卑猥な空間に変える。いやらしい匂いが充満し、五感が侵される感覚があった。

「あ、ぁ、ふ……ひぅッ」

もがいているつもりが、春乃の腰が敷布から浮き上がる。

まるで自ら『もっと』と強請っているかの如く。

ふしだらなことをしている自覚もなく、春乃はか細い嬌声を漏らし、痙攣した。

「……ぁ、ああ……っ」

弾けた絶頂感が尾を引いて、口の端から垂れた唾液を拭う余力もなかった。

指先は強くシーツを握りしめたまま固まっている。

太腿を温い滴が伝い落ち、陰唇がヒクついた。

要の指が抜け出す際は、名残惜しげに媚肉が追い縋ったのが、自分でも感じ取れる。

とろとろと体内から蜜液が溢れ、止まらない。

春乃の身体がこの先を期待しているのは、明らかだった。

「……まだ狭いな。君のここは、春乃らしい慎ましさだ」

「ん、ぅ」

虚脱していた両腿を抱えられ、膝を曲げられた状態で左右に広げられた。

びしょ濡れの花弁も一緒に開かれる。

充血し、ふしだらに膨れた女の部分を隠してくれるものはない。

一番見られたくない人にみっともない姿を曝け出していた。

気持ちの上では、今すぐ上体を起こして『やめてください』と言わねばと焦る。

けれど初めて味わった愉悦の味が甘美で、春乃はまともな言葉を発せず、首を横に振るのが精一杯だった。

「大丈夫、まだ挿れない。君のここが傷ついたら、可哀相だ」

「んん……ッ」

彼は器用にも片手で服を脱ぎ捨て、その間一瞬たりともこちらから視線を逸らさなかった。

まるで一度目を離せば、春乃が消えてしまうと言わんばかり。

苛烈さの滲む視線に縫い留められ、妙な昂ぶりで心が乱される。

そのせいで、要が最後の一枚を脱ぐまで、春乃は目が離せなかった。

「……っ」

男性の裸を直視したことはない。

女手一つで育てられた春乃は家庭内に異性の存在がなく、一番身近にいたのが彼だったのだ。

それでも幼い頃にプールで遊び、精々上半身を目にしたのみ。

逞しい大人の身体に成長した要の素肌を至近距離で目撃する日が来るなんて、夢にも思わなかった。

「そんなに凝視されたら照れるな」

口角を上げた彼の口調には、揶揄う響きがあった。

意味深に細められた瞳は、艶めいている。

濃厚な男の色香に惑わされ、春乃は慌てて視線を逸らした。

「す、すみませ……っ」

「好きなだけ見ればいい。僕もそうする」

「え……ぁ、や……！」

抱え直された春乃の両脚は、今度は閉じられた状態にされた。

それだけなら、ホッと安堵の息を吐けただろう。だがすぐにとんでもない思い違いだと知ることになった。

肉付きの悪い太腿の間に挟まれたもの。

硬い棒状のそれは人肌の温もりを有し、ゴツゴツとした凹凸があった。

しかも春乃の陰部に押し付けられている。

先端だけが春乃からも見て取れ、愕然とした。

「要さん……！」

束ねられた両腿の狭間から覗くのは、男性の楔。図らずも、春乃の太腿でみっちりと挟み込む体勢になっていた。

「脚を閉じていて」

「ひ……ッ」

彼が前後に腰を動かした拍子に、淫芽が肉槍の括れに引っ掛かった。

花弁全体も擦られ、鮮烈な快感を呼ぶ。

剛直で陰唇を往復される度に淫蕩な声が春乃の喉を通過した。

「ぁ、あ……ッ、な、何……っ、ぁ、変になる……っ、んぅッ」

ずりずり擦られ、花芯を捏ねられ、それでいて蜜路には入ってこない。

蓄積される法悦は、欲求不満も膨らませていった。

先ほどは蜜壺を弄られていたのに、そこへの刺激はお預け状態。ひたすら外側を弄られる。

淫音はますます大きくなって粘度を増し、春乃の呼気は短く忙しいものへ変わっていった。

「ァっ、ぁ、あ」

体中が熱い。ドロドロに溶けてしまいそう。

鎮まる気配は微塵もなく、要が腰を振るほど切迫感は高まった。

「やぁああ……っ」

春乃の下腹が波打ち、また弾ける感覚が訪れる予感がする。

それも先刻よりもっと大きく容赦のない波が。再びあれを味わってしまえば、知らなかった頃には戻れなくなる気がする。

ふしだらにも禁断の果実を今後も求めてしまう恐れがあった。

「ぁあぁッ、要さん……やめ……っ、ぁ、あんッ」

入り口を昂ぶりで捏ねられ、幹の部分に浮いた血管の感触まで生々しく伝わってきた。

張り出したエラと括れで、繰り返し蕾を引っ掻かれる。一度達した身体は、再びあっけなく熱を上げ始めた。

春乃の蜜液と彼の先走りが混じり合い、より滑りがよくなる。

自分が貪欲に腰を揺すっているとは気づきもせず、春乃は無意識にシーツを握りしめた。

「んんぁ……っ、ぁ、あ……！」

「感じている春乃、想像していたものよりもずっと可愛い……」

喜色を滲ませた彼が唇で春乃のこめかみを慰撫してくる。殊の外優しい仕草が、甘苦しさを呼んだ。

「や……ぁあああッ」

一際強く肉芽を捏ねられ、快楽が飽和した。

春乃の体内が収斂する。愉悦の味は、先ほどの比ではなかった。

「蕩けた顔をして、堪らないな……」

頬を撫でてくる掌が、発熱している。

涙で視界が霞み、春乃から要の顔はよく見えなかった。

激しい逸楽のせいか、耳鳴りがして音は遠い。だからなのか、はっきり感じ取れるのは頬に添えられた男の手の感触だけ。

熟れ過ぎた秘部は、ジンジンとした疼きしか分からなくなっていた。

懐かしさと見知らぬ感覚が混在する掌へ、思わず顔を摺り寄せる。

甘える仕草になったのは、考えてしたことではなかった。

無防備で、茫洋としていたから、自分にとって最も安心し愛しいと思える何かにくっつきたくなったのだろう。

春乃がゆっくり息を吐き出すと、彼が微かに指先を強張らせた。

「——無自覚だから質が悪い」

久しぶりに要のこんな声を聞いた。

諦念やもどかしさをごまかして、僅かに気分を害している。けれど他者には気づかせまいと、何事もなかった振りをするもの。

いつだって完璧で非の打ち所がない『神宮寺家の跡取り息子』に相応しい振る舞いを求められた彼が、極稀に垣間見せた素顔の片鱗。

春乃だけが察することのできた機微だった。

——私……要さんを不快にさせてしまった……?

考えても、身に覚えがない。

そもそも考える余力が、今は残されていなかった。

「……そろそろ春乃を僕のものにするよ」

「あ……っ」

放り出していた両脚の付け根に、猛ったものが据えられる。

それが何であるのか、考えるまでもなかった。

「ま、待ってください……やっぱり……」

冷静に考える猶予を奪われている気がして、咄嗟に制止を求めた。

こんな大事なことは、流されて決めていいことではない。日を置いてじっくり思案すべきだ。

重罪を犯す自分に、怯えたのもある。

このまま突き進めば、彼もまた傷を負うことになるのではないかと。

今から二人が突き進もうとする道は、やり直しがきかない。子どもができてしまえば、『全部なかったこと』には決してならないのだ。

一歩踏み出したつもりで足踏みする春乃を、要が冷然と見下ろしてきた。

「——もう遅いよ」

「……い……っ」

身体を引き裂かれるかと思った。

到底大きさの合わないもので、狭隘な道を拓かれる。

蜜路は充分に濡れていても、軋んで異物を拒んでいた。指とはまるで違う質量が、春乃の中へ入ってくる。

硬く太い楔は、小さな蜜口を限界まで押し広げた。

「ぐ……っ」

「息を、吐いて」

「無理……です……っ」

焼いた鉄で身体の中央を貫かれたよう。呼吸もままならない。

全身に力が籠り、目を開くのも難しかった。

とにかく襲い来る痛みに耐えることしかできない。苦しくて壊れてしまいそう。

春乃は彼の背中に思いきりしがみ付いた。

要から滴る汗がこちらの肌を湿らせる。息遣いは同じくらい乱れていた。

彼が春乃の瞼や目尻にキスを落とし、腕を優しく摩ってくれる。

強張りを解こうとしているのか、口づけからは労わりが感じられた。ただそれでも痛苦は薄らいでくれない。

「……ふ、ぅっ」

春乃が打ち震えていると、要の指先が花芯へ移動した。

「……いくらでも爪を立てていい。だけどやめてはあげられない」

肉芽を柔らかく揉まれると、遠ざかっていた快楽が戻ってくる。春乃がキスの心地よさを思い出せるようになった頃には、次第に別の感覚が首を擡げた。

「……ぁ」

「そう。ゆっくり呼吸して」

この苦痛から逃れられるなら何でもするつもりで、従順に深呼吸を繰り返す。すると疼痛は消えなくても、花芽から与えられる官能の比重が増していった。

「……ぁ、ん……ッ」

「春乃……」

甘い声音で名前を呼ばれ、天秤はより苦痛から快感へと傾いた。

硬直していた四肢も、僅かに緩む。その隙を逃さず、彼が腰を押し進めた。

「……ッ！」

「は……全部、挿った……」

感慨深げに呟いた要が、春乃の下腹を撫でる。その皮膚の下に自分がいることを知らしめるかのように淫蕩な手つきで何度も摩られた。

「……ぁ、あ……」

二人の腰が隙間なく重なり、完全に一つになったのが分かる。

信じられない深い部分まで、彼が到達していた。

「……動いても、大丈夫か？」

切なげに問われ、要が渾身の理性で耐えてくれていたことに気が付いた。

春乃が慣れるまで、極力動かないよう最大限の配慮をしてくれていたのだ。

彼が吐き出す息は滾っており、限界なのが見て取れた。

筋肉質な男の下腹は、力が籠って戦慄いている。懸命に動くまいと己を律しているのだろう。

もしかしたら春乃が『駄目』だと告げれば、本気で腰を引くのではないかと思うくらい、要は自らを抑えてくれていた。

それが途轍もなく嬉しい。滲む感情は愛おしさ。何度捨てようとしても新たに育つ、春乃の恋心だった。

「は、い……」

凄絶な色香を滴らせる彼に、嫌だなんて言えない。言いたくもない。

春乃は小さく頷き、潤む瞳を瞬かせた。

「……辛かったら、言ってくれ」

「……んぅっ……ぁ、んッ」

律動は、初めはゆったりとした速度だった。

だが春乃が痛みに顔を顰めないでいると、要の動きが速くなる。

合間に数えきれないほどの口づけを挟みながら、打擲音が激しくなった。

「……あッ、ぁあッ、ぅ、あんっ」

身体を揺さ振られ、視界が上下する。

未だ淫窟は彼の剛直に馴染んだとは言えず、傷口を摩擦されるのに似た痛みがあった。

それでも春乃が呻かず済んだのは、要が花芯を愛で、キスで紛らわせ、髪を撫でてくれるおかげだ。

優しい手つきが、愛されている錯覚をもたらしてくれる。

大事に扱われ、束の間恋人同士になれた夢を見られた。それが真実であったなら、どんなに良かったことか。

今だけ、春乃は余計なことを考えまいと決めた。

「あ……ぁああ……っ」

爛れた愉悦に呑み込まれる。

内壁をこそげられ、最奥を抉られた。

深い部分を突かれるとまだ苦しいものの、その分要と密着できるのが嬉しい。

他人ではあり得ない距離感で愛しい人を全身全霊で感じ取った。

「春乃……っ、もっと声を聞かせて」

美声で注がれる誘惑が、なけなしの理性を剝ぎ取ってゆく。

これでも必死に堪えようとしていた嬌声が、唇をなぞられたことで我慢しきれなくなる。

春乃の口は閉じられなくなり、淫らな喘ぎを漏らした。

「はぁあ……っ、ぁ、ふ、んん……ッ」

ぐちゃぐちゃに混じり合った体液が下肢とシーツを濡らしてゆく。

汗まみれで絡ませ合う肢体は、あまりにも淫猥だった。動物のように夢中で身体を揺らし、舌を伸ばして粘膜を擦り付ける。

上と下双方から水音を奏で、一つになった。

散々指で暴かれたところを、肉槍の切っ先で小突かれる。そこは特に春乃が平静ではいられなくなる場所。

じっくりと内側から摩擦され、たちまち喜悦の水位が急上昇した。

「ここ、好きみたいだね。沢山擦ってあげる」

「ひぁッ」

チカチカと光が爆ぜる。

また、あの感覚がせり上がった。過去味わった二度の絶頂より遥かに凶悪な波がうねろうとしている。

けれどももはや春乃に止める手立てはない。

荒ぶる嵐を鎮められるのは要だけ。春乃を天国へ行かせてくれるのも、地獄へ叩き堕とすのも、全て彼にかかっていた。

「……ぁ、あ、もう……っ」

「いいよ。僕も、もう……っ」

「……っ、ぁあ……ッ」

膣内で要の楔が硬度を増した。膨張し、淫路が隈なく満たされる。

深く貫かれた衝撃で一瞬意識が飛んだかもしれない。次の瞬間には、春乃は全身を戦慄かせ絶頂へ飛ばされた。

「あぁあああッ」

気持ちがいい。それ以外、何も考えられない。

一拍遅れ、体内へ熱液が迸る。

低く呻いた彼が春乃を抱きすくめ、全てを吐き出すように腰を押し付けてきた。

「……っく」

腹の中へ注ぎ込まれる白濁からも新たな快楽が与えられ、なかなか高みから下りてこられない。

幾度も四肢を引き攣らせ――そのまま春乃は意識を手放した。

3 独白

翌日。

春乃は母の面会時間に合わせ、病院を訪れた。

病室に顔を出すと、母は娘がこちらへ来ているとは知らなかったため、随分驚いたようだ。

それでも複雑な表情の中にどこかホッとした色が滲んだことで、こちらも心底『要が迎えに来てくれてよかった』と感じた。

「……仕事があるのに、わざわざ来なくて大丈夫よ」

母は気丈に宣ったが、精一杯の強がりなのは明らか。

病気のこと、手術が必要なことを、本気でギリギリまで隠すつもりだったのか。それが母の愛情だと分かっていても、春乃はもどかしさを覚えた。

「大丈夫なはずがないでしょう。仕事なら、とりあえず一週間の有休をもらったから、心配しないで」

今朝、直属の上長には連絡した。

昨夜のうちにすべきだったのかもしれないが、色々とバタバタしている間に遅い時間になってしまい、結局朝一に電話で伝えたのだ。

母が入院したと告げれば、気のいい上司はすぐに有休を認めてくれた。

――本当に、いい職場だな……。

しかしいずれは退職しなくてはならないだろう。

今後、母の看病をするためにも。そして、要と交わした契約のためにも。

一線を越えてしまった昨夜のことを思い出し、春乃は思わず首を横に振った。

――こんな時に何を考えているの……っ

身体を重ねてしまったからには、もう戻れない。

既に突き進む以外、自分に残された選択肢はないのだ。

善悪や倫理観なんて、今更考えても仕方ない。賽は投げられ、茨の道を行くと決めたのは己自身。

被害者ぶったり、迷ったりするのは不誠実だと自分を戒めた。

――もう私は決めたんだ。お母さんのために、要さんの子どもを産む。

頭の片隅では『お母さんのためだけ？　嘘吐き』と詰る声があったが、全力で無視した。心を揺るがせては駄目だ。

後戻りできないなら、独り善がりな罪悪感も言い訳も無用だと切り捨てた。

「――それで……今日はどうして要様が娘とご一緒にいらしたんですか？」

春乃と共に病室へ現れた彼へ、母が不思議そうに視線をやった。

幼かった当時と違い、大人になった今は娘と雇用主の息子に接点がないことを知っているので、奇妙に思ったに違いない。

唐突な組み合わせを、訝しんでいる気配があった。

「もしかして入院費のことで何か……？　旦那様たちに何度も申し上げましたが、私にこのような気遣いは必要ありません。私は大部屋で構いませんし、それにこんなに設備が整った病院ではなく、自力で通院できる場所で――」

どうやら母を説得するために春乃を駆り出したと思ったようだ。

強引にこの病院へ入院手続きを取られたことを、まだ納得していないらしい。慎ましい母にとっては、居心地が悪いのかもしれなかった。

――明るいところで見ると、まるでホテルみたいな病室だものね。特別室って、こんなに豪華なんだ……

立派な部屋の中には、専用の風呂とトイレ、ミニキッチンまである。

大きなテレビは最新式。革張りのソファーが鎮座していても、まだ広い。

壁や天井に色々な設備がなければ、ホテルのスイートルームと言われても疑わない気がした。

──私たちが暮らしていた神宮寺家の離れより、ずっと高級感が溢れている。

あちらだって決して粗末ではなく、むしろ住み込みの使用人には充分過ぎるくらい恵まれていた。

だがこの病室は段違いなのだ。

母の『神宮寺の皆様に迷惑をかけたくない』気持ちが分かるだけに、春乃も可能であればもっと落ち着ける場所に移動させてあげたいとは思う。

しかし現状、ここが一番母に適した治療と休息を与えてくれるのは間違いなかった。

「いえ、その話は父と母がしましたよね？　長年我が家で働いてくれている方を、無下には扱えません。それにおばさんは多忙な母に変わって僕を育ててくれた。もう一人の母親同然です」

「要様……」

娘の眼から見ても、母は彼に献身的だった。それこそ春乃と同じだけ愛情を注ぎ、大切にしていた気がする。

昔から物分かりがよく、多忙な両親に対し我が儘を一切言わない要を『しっかりしたいい子だ』と褒めつつ、『甘えてもいい』と慰めてもいた。

いつしか彼も、母の前でだけやや子どもらしい姿を見せるようになったものだ。

そんな要に手を握られ、母は涙ぐんだ。

「勿体ないお言葉です」

「本心ですよ。それに――これからは名実ともに母親です」

「え？」

ベッドに座った母が大きく眼を見開いて彼を見つめた。

いきなりの発言に驚いたのは、並んで腰かけていた春乃も一緒だった。

「要さん……！」

まさかこんな風に切り出すとは思わなかった。

まだ彼の両親にも話を通していないのだ。要の立場であれば、いくら子をもうけるための仮初の婚姻であったとしても、諸々根回しが必須だろう。

各所への連絡や手続きが欠かせないに決まっている。

それらを全部丸ごとすっ飛ばし、母に春乃との結婚を匂わせた彼へ、驚愕の眼差しを向けた。

「善は急げと言うじゃないか」

焦った春乃の様子で、こちらが何を言いたいのか悟ったのか、要は嫣然と微笑む。

堂々とした佇まいは、後ろめたさなど微塵もない。

この打算と計算塗れの計画を知られることに、一片の躊躇いも感じていないように見えた。

「まだ、母には……！」

「後回しにしても、結果は同じだ。それなら勿体ぶる意味はない」

彼の言うことは完全にその通りで、今話をはぐらかす理由はなかった。

むしろ少しでも早く母に伝え、気力を取り戻す助けになってくれればいい。未来に希望が点れば、生命力だって高まるはずだ。病状にいい影響も期待できる。

――だけど、心の準備が……！

春乃は茨の道を突き進むと決めたが、いざ周囲に認知されるとなると尻込みする。

本格的に退路を断たれることになるせいだ。

公表してしまえば、一方的な取り消しはきかない。強引に契約を破棄しようとすれば、弊害の方が大きかった。

――要さんはそれでいいの……っ？

春乃よりも社会的地位が高く、守るものが多い彼の方が、何かあればダメージも甚大になりやすいだろう。

保険をかけておこうとしても不思議はない。

にも拘らず平然と母に春乃との結婚を宣言しようとする要が、とても信じられなかった。

「なぁに？　二人ともどうしたの？」

泰然とした彼と、慌てふためく娘との間で、母が視線を往復させる。

春乃が言葉に詰まっている間に、要が極上の笑みを浮かべた。

「――おばさん、僕に春乃をください。彼女と結婚の約束をしました」

正確には、『彼の子どもを産む』約束だ。

しかし実際入籍する予定なので、要の言い方も嘘ではない。ただ、百パーセントの事実でもないだけで。

「え……っ？」

突然のことに理解が追い付かないのか、母が固まっている。

よもや我が子が神宮寺の跡取り息子と結ばれるなんて、考えてもいなかったに決まっていた。

身分違いも甚だしい。昔と違い、生まれや育ちで門前払いはないとしても、越えられない壁は現代でも歴然とあるのだ。

春乃はあくまでも使用人の娘。

雇用主の息子とのラブロマンスなんて、母の辞書にはなかったらしい。

「要様、冗談が過ぎます」

「いえ、本気です。先日春乃に申し込み、頷いてもらいました、――ね？　春乃」

「……は、い」

昨日人生が一変したのだとは、到底明かせない。

彼の言葉には巧妙に嘘が織り交ぜられている。それでいて全てが偽りでもない。

下手に口を挟むと墓穴を掘りそうで、春乃は俯くことしかできなかった。

――ああ、私……やっぱりとんでもない約束をしてしまったのかもしれない……

母を騙す罪悪感で息が苦しい。

驚かせてしまって、体調が悪化したらどうしよう。

よく考えてみたら『喜んでくれる』可能性とは逆に、身分違いを案じ『反対される』恐れもあるのだ。

そこまで事前に思い至らなかったことが悔やまれる。

いくら息子同然に可愛がっていたとしても、要が雇用主の家族なのは覆せない事実。母は、軽々しく『玉の輿』に浮かれる人柄ではなかった。

しかも万が一、母の治療費のために娘が身売り同然の契約を交わしたと知ったなら――

そんな不安が渦巻いて、ますます顔を上げられなくなる。握りしめた春乃の拳は、小刻みに震えていた。

――病気で大変なのに、私のことで心労をかけるわけにはいかない。今からでも『冗談だよ』ってごまかした方が……

「おめでとう、二人とも！」

だがこちらの葛藤を吹き飛ばす勢いで、母が春乃に抱き着いてきた。

その身体は以前より痩せてはいたが、力強い。全身から歓喜が弾けていた。

「嬉しくて、信じられない。あなたたちが結ばれるなんて、夢のようよ。いつから付き合っていたの？」

「離れて暮らすようになってからも、頻繁に連絡を取り合っていたんです。それにたまに会える時には、互いの気持ちを確認しました」

いつから交際していたのかという問いには答えず、彼が穏やかに微笑む。

やんわりと話題の矛先を変えられたことに気づかないのか、母は頬を染めて「まぁ、ちっとも知らなかったわ」と華やいだ声を上げた。

「反対されるかもと思い、秘密にしていましたから」

何故こうもスラスラと偽りを述べられるのか。

半ば感心して、春乃は隣に座る要を盗み見た。

自分ならばきっと挙動不審になり、途中で返答に窮してしまう。言い淀み、母に違和感を抱かれるだろう。勘の鋭い母をこうも見事に騙せるとは。

おそらく天才的な詐欺師だって、ここまで口が上手くない。

演技にしても、役者顔負けだと思った。

——だってまるで本当に私を愛してくれているみたいな目をしている……

母と話す合間に、彼は春乃へ視線を投げかけてきた。

途中、眼差しで同意を求めてくる。その瞳がどうにも甘く、慈しみが滲えられていた。

そう感じるのは、完全に自分の勘違いでしかない。見たい夢を投影しているだけだ。重々分かっている。

けれど理解していて尚、騙される。幻に惑わされ、要と愛情ある婚約をした錯覚を引き起こした。

彼が春乃を見つめる目が、あまりにも熱っぽいから。

情熱が滲えられた双眸は、視線がかち合うだけでドキドキする。

横を確認しなくても見られていることが感じられ、要と触れる左側の肩が火傷してしまいそう。

込み上げる愛しさを紛らわすのに、春乃は全力を傾けるしかなかった。

——心臓が壊れる……

未だかつてない鼓動を刻み、心音が病室内に響かないのが不思議だった。

手持無沙汰から、膝の上で拳を握りしめる。すると、大きな手が至極自然な動作で重ねられた。

「二人で話し合って、まずはおばさんに報告しようと決めたんです」

「それじゃ、まだ旦那様たちには……？」

「はい。これから改めて挨拶します。でも心配しないでください。うちの両親は春乃のことをとても気に入っていますし、常々僕の結婚相手は好きに決めればいいという方針ですから。むしろ家柄や財力だけの女性を連れていけば、反対はせずとも無関心になるでしょうね」

春乃の意識の大半は重ねられた手に集中し、母と彼の会話は耳に入らなかった。

──お母さんの前で、こんな……っ
睦まじい婚約者を装っているのか、要の指がこちらの指の股を卑猥に摩る。

それが妙に気持ちよく、擽ったい。

慌てて手を引こうとしても、強く握られては無理だった。逆にもっと深く繋がれて、簡単には振り解けそうもない。

母の手前大きく動けないこともあり、春乃は秘めやかな愛撫を受け入れた。

「──ね？　昨日二人で決めたじゃないか」

横から彼が覗き込んできて、春乃はハッと我に返った。

手は繋がれたまま。

鋭さを孕んだ男の眼差しは、同意のみを求めていた。

「……え、ええ……――お母さん、私たち色々あってそういうことになったの……」

曖昧に言葉を絞り出すのが限界だった。

根が正直者なので、咄嗟に上手い言い訳が思いつかない。母を謀る嘘を捻り出せる才能もなかった。

俯きがちな娘の様子を照れていると解釈したのか、母は痩せた手で春乃の肩を摩ってくれる。そしてもう一度「おめでとう」と祝福を述べた。

「これで、安心できるわ……」

「そ、そうだよ。私のことは気にせず、治療に専念して」

下手をしたら『心残りがなくなったから、安心して逝ける』の意味で母が口にしていそうで、春乃は慌てて身を乗り出した。

ここは『だったらもっと長生きしないと』と言ってもらいたい。

どう伝えるか、春乃が思案していると。

「――そういうことですから、おばさんの入院費などは息子である僕が支払います。まさか遠慮しませんよね？　これからはお義母さんと呼んでもいいですか？」

「要様ったら……」

「様はやめてください。婿として扱ってくださいませんか？」

押しの強さを発揮した彼に、母が苦笑する。その表情は申し訳なさよりも、喜びや希望が勝っていた。

「どうしても気にかかるというなら、一日でも早く元気になってください。僕らの子どもには優しいお祖母ちゃんが必要ですから」

「え……もしかして」

繋いだ手を持ち上げられ、あまつさえ要が手の甲に口づけてきて、春乃は瞠目した。

その上、意味深な爆弾発言をされ、大いに焦る。

母も眼を見開いて春乃の下腹へ視線を走らせた。

「ち、違うの、お母さん！」

「ははっ、近い将来そうなったらいいなという話です」

「あ……そうなのね。嫌だわ、私てっきり……」

「でも、孫が誕生すると思うと気力が増してきたでしょう?」

ニコリと笑みを深めた彼は、育ちのいい青年そのもの。

けれど鮮やかに春乃の逃げ道を塞ぎ外堀を埋めてゆく手腕は、空恐ろしいものがあった。

実際母は、頬をバラ色に染めている。

先ほどより明らかに顔色がよくなり、瞳の輝きも増していた。

今の話で未来への希望が生まれ、生命力が湧いたのは確かだ。

「そうね……何としてでも元気にならなくちゃ」

「ええ、その意気です。お義母さんは自分の身体のことだけ考えて、回復に専念してください」

手術を受けることに対し前向きとは言えなかった母の気持ちが変化したのが、春乃にも手に取るように分かった。

この分なら治療費を気にして、あれこれ躊躇うことはなさそうだ。

ひとまず一歩前進できたのを感じ、春乃は安堵の息を漏らした。

「――それではあまり長い時間居座ってもお義母さんの負担になりますので、今日は帰ります。また後日春乃と一緒に来ますね。勿論、手術当日も二人で付き添います」

「……本当にありがとうございます。どうか娘をよろしくお願いします」

頭を下げた母の眼尻には、光るものがあった。

心底安堵しているのか、肩の荷が一つ下りたと言いたげな様子に、春乃は知らず母に心配をかけていたのだと悟る。

娘を一人残してしまうかもしれない不安は、こちらが思うよりずっと大きかったらしい。

諸手を上げて自分たちの結婚を祝福してくれている母を前に、もう『冗談』だとおどけるのは不可能だった。

「春乃、幸せになるのよ」

「ぁ……」

「披露宴はお義母さんが元気になったら挙げます。今から楽しみです」

「ああ、そうよね。私も絶対に見たいわ……想像するだけで、急に身体に力が漲ったみたい……！」

放っておくと立ち上がって娘たちを病院の外まで見送りそうな母を宥め、春乃と要は退室した。

スライドドアを閉め、つい息を吐く。

そこで春乃は、まだ彼と手を繋いだままであることにやっと気づいた。

「は、放してください……っ」

「どうして？　間もなく結婚するのに」

悪びれない彼に言うべき言葉は見つからない。

春乃が動揺している間に要が歩き始め、そのまま手を引かれてこちらも一歩踏み出した。

「どこかで休もうか。疲れただろう？」

「お見舞いに来て座っていただけですから、疲れていません」

精神的には疲弊していたが、首を振って否定した。

「昨晩、あんなに無茶をさせてしまったのに？」

「……っ」

思い出さないよう気を付けていた記憶が、彼の言葉で噴出した。

途端に頭の中が淫らなもので埋め尽くされる。とても昼間、それも病院で反芻することではない。

春乃が焦って振り払おうとしても、昨夜自分が漏らした喘ぎ声までが脳裏を過った。

正直に言えば、身体のあちこちが痛い。

あまり動かずに済むなら、その方がいいほど。必死に平気な振りをしているのは、要にお見通しだったらしい。

「お義母さんへの挨拶は一日でも早い方がいいと思ったから今日見舞いに来たけれど、連れ出してすまない。帰って休もうか？」

気遣いの籠る視線を注がれ、また大切にされている気分になった。

歩く歩幅をこちらに合わせてくれているのも伝わってくる。

さりげなく手を引き、春乃が歩きやすいよう誘導してくれるのも、胸を温もらせた。

「……大丈夫、です」

狡い。

こんな目で見つめられ、労わられたら、文句なんて言えるはずがない。

迂闊に口を開けば、愚かな本心をこぼしてしまいかねなかった。

——私の恋心は、要さんの迷惑にしかならないのに……

彼へ好意があると知られたら、道具としての価値が失われる。要を煩わせないからこそ、自分が選ばれたのは理解していた。だったら、春乃の想いは邪魔なだけだ。

——これからも隠し続けなくちゃ……

どうせ生涯秘密にするつもりだった恋。このまま墓場まで持ってゆく。

距離を置いてフェードアウトする予定が、結婚することになるとは想定外だったが、成就することがないのは変わらないのだから。

「本当に？　だったら新しい家具を見に行こうか？　身体が辛かったら、カタログだけ取り寄せる？」

「家具ですか？」

「ああ。僕たちの新居に必要だろう？　物件を決めてからの方がいいかな。いやでも、春乃が快適に暮らせるよう当座のものは揃えたいな」

新生活が具体的に示されて、展開の早さに目を白黒させた。

とても変化についていけない。

置き去りにされた気分で、春乃は戸惑いの声を上げた。

「昨日の部屋で、充分ですが……」

確かに殺風景ではあったものの、寝起きするのに支障はなさそうだった。それにどうしても必要なら、一人暮らししているアパートから持ってきてもいい。

──要さんの部屋にそぐわないものばかりだけど……

まだ彼と共に暮らす事実に現実感がない。

どこかで、一時的な宿泊程度に感じていた。

結婚に向け、もはや途中下車ができないと薄々分かっているのだが、いざ行動に移されると狼狽が大きい。

要の両親への報告や、退職の手続き、他沢山の『やらなくてはならないこと』が宙ぶらりんだった。

──特に旦那様たちへの挨拶は……反対されるに決まっている。いくら私を可愛がってくれていても、それとこれは話が別。神宮寺家の嫁として簡単に認めてもらえるわけがない。だから事前に入念な準備を整えなくちゃ、きっとどこかで身動きが取れなくなるわ……それなのに要さんがどんどん先に行ってしまい、私は引き摺られているみたい……

もしくは考える猶予がなく、急転直下のジェットコースターに搭乗した気分だ。

立ち止まりたいのに、許してもらえない。

少しでも春乃が脚を止めそうになると、その分余計に彼が強引になる心地もした。

「入籍を先に済ませようか?」

「えっ」

今も悩みそうになる春乃を追い立てるかの如く、要が唇で弧を描く。

優美な笑顔は、無視できない圧を伴っていた。

「さ、流石にそれは——旦那様と奥様に話をせず、勝手にはできません」

「僕らは立派な成人なんだから、親の意向に従う義務はないが……春乃が気になるならやめておくよ」

譲ってあげると言いたげに、彼は瞳を細めた。

どうしてか、こちらが申し訳ない気持ちになり、春乃は視線を泳がせる。

完全に要の掌で転がされていた。

太刀打ちできない格上の敵に操られていると言っても、過言ではない。

袋小路に迷い込んだ心地で、己の選択が正しいかどうか不安を抱いた。

「僕は夫婦の寝室は同じにしたい。勿論ベッドも。その方が早く子どもを授かるかもしれない」

甘い囁きが鼓膜を揺らし、春乃の肌が粟立った。

ゾクゾクとした戦慄きが末端まで広がってゆく。それは昨日の淫らな記憶と酷似していた。

「要さん……っ」

勝手に赤面しているのが恥ずかしくて、咎める視線を彼に送る。

しかし愉悦の滲む笑みを返されただけだった。

綻ぶ唇が官能的で、目を離せない。吸い込まれるように見つめていると、立ち止まった要が春乃の額にキスを落としてきた。

「家具を見に行こうか。君が望むなら、全部買い換えてもいいよ」

「い、いりません。ベッドもあのままで大丈夫です」

「狭い方が好きなのか？　密着できる方がいいなんて、春乃は案外積極的だな」

赤裸々な質問にどう答えればいいのやら。

絶句した春乃は、吹き出す要を見て、揶揄われたのだと知った。

病院のロビーは人目が多く、こちらにいくつかの視線が向いている。

たった今行われたおでこへの口づけを目撃されたのだと察し、春乃は慌てて彼を連れて建物の外へ出た。

「人前でおかしなことをしないでください……！」

「おかしなこと？　あんまり春乃が可愛いから、つい」

「そういう冗談は、心臓に悪いです」

いつから要はこんなに口が上手くなったのだろう。

四年前は、こうではなかった。寡黙とは言わないものの、女性に対し勘違いさせる発言は控えていたと思う。

誰にでも優しく親切だが、明確な線引きがあった。

ある一定以上には、自分の内側へ入らせない。にこやかに全員一律の扱いだった。

――それこそ、どんな才女やアイドル並みの美女、由緒正しい家柄の令嬢にも……丁寧に接するが、それだけ。

老若男女問わず、態度が変わらない。ある意味、徹底していた。

そんな中、春乃に対しては気を許した姿を見せてくれ、秘かに優越感を抱いていたのは否定できない。

彼が素顔を垣間見せてくれるのは自分にだけ――そういうほの昏い喜びで満足できているうちはよかった。

愛や恋でなくても、他の人は知らない要の一面に触れられるなら。

幼馴染、友人、きょうだい同然。そんなカテゴリーで構わないから、今後もそれが続くと信じて疑っていなかった。

けれど次第に互いが大人になり、傍にいられること自体が春乃にとって苦痛に変わったのだ。

いつか、要も伴侶を迎える。

それを間近で見守ることに、耐えられる自信はなかった。『私だけ』が知っている親しげな顔が、他の誰かに向けられたら、辛い。けれど今彼が浮かべている表情は。

――昔、私に見せてくれていた顔とも違う……

言うなれば、見知らぬ男。

懐かしさの中に、雄の気配が滲んで狼狽する。

しかもそれが嫌ではなく、春乃の胸を際限なく掻き乱すから困りものだった。

「――エントランスに車を回してくれ」

運転手に電話をかけた要が携帯をしまう仕草にも視線を奪われ、逸らすのに一苦労する。

昨日の今日で、春乃が四年間重ねた『忘れる努力』は、完全に無に帰したらしい。

かつてよりずっと火力を増した恋情で、焼き尽くされてしまいそうだ。

何をしても、見ても、聞いても、『この人が好きだ』という回答に帰結する。きっとこの気持ちを塗り潰すことはできないと思った。

――馬鹿だな、私……たぶん、いずれ泣く時が来るんだろうな。だけど、それまではもう少しだけ奇跡を味わいたい……

「春乃が希望する家具ブランドはある？」

「家具には詳しくないので、お任せします」

「そう？　じゃあ僕の趣味でいいかな」

間もなくやってきた見覚えのある車に二人並んで乗り込むと、連れていかれたのは高級家具やインテリアを扱うショールームだった。

外観はもとより、広々として重厚感がある内装は、本当に靴のまま歩き回っていいのか迷ってしまう。

春乃は、脚を踏み入れることすら恐れ多い空間に戸惑った。

場違い感に委縮し、彼に意見を聞かれても、上手く返せない。

チラリと見えた値段に飛びあがりそうになって、触ることも躊躇われた。

春乃の常識ではあり得ない数、ゼロが並んでいる。それこそ椅子一脚で、軽く車が買える金額だった。

「気に入るものがない？」

「いいえっ、全部素晴らしくて……でも私には分不相応だと思います――」

とは言え、要には相応しい。彼の部屋にはしっくりと馴染むに違いない。

昨夜春乃が借りたベッドを要は『狭い』と称していたが、寝心地は抜群だった。大人二人の体重を難なく受け止め、激しく動いても煩く軋まなかったことを考えれば、あれだってかなりいいものだったのではないだろうか。

――住む世界が違うんだなって、ことあるごとに考えてしまう。

浮かない顔をした春乃をじっと見つめ、彼は店のスタッフを呼び寄せた。

「妻の体調がすぐれないようなので、後日改めて来るよ」

「かしこまりました、神宮寺様」

恭しく腰を折るスタッフの様子から、要が常連なのが見て取れた。

だが春乃が何よりも驚いたのは、彼がさも当然に『妻』と口にしたことだ。

――私のことだよね……？

格式高い一流店のスタッフの口は軽くないと思うが、どこで話が拗れるか分かったものではない。

まだ正式発表どころか神宮寺夫妻にも報告していないことなのに。

「要さん……！」

「本当のことじゃないか。それとも――今更撤回できると思っていた？　春乃は自分が逃げ出したくて仕方ない顔をしているのを、自覚している？　流石の僕も傷つくな」

珍しく責める口調で言われ、ぐうの音も出ない。

全て見抜かれていることに気まずさを覚えた。

「ご、ごめんなさい。そういうつもりでは……」

「――まぁいいよ。僕も性急過ぎたと反省している」

束の間の沈黙が重い。

春乃が申し訳なさから縮こまっていると、彼が切り替えるように頭を掻いた。

「……すまない。やっぱり僕もかなり浮かれているみたいだ。一番大事なことを忘れていた。完全に順番を間違えたな」

「要さんが謝ることは……」

彼が浮かれているとはどういうことか、さっぱり分からない。それに一番大事なことも不明だ。

春乃が控えめに首を傾げると、要が苦笑した。

「婚約指輪を買いに行こう。家具よりもその方が重要かもしれない」

「え……っ」

指輪の存在なんて、チラとも頭に浮かばなかった。そういうものを贈られる関係だとは微塵も考えていなかったからだ。

「外商に頼んでもいいが、どうする？」

「が、外商？　それって営業の方に家までわざわざ来てもらうということですか？　とんでもない……！」

庶民にはハードルが高いし、自分はそんな立場ではないと思った。

いつの間にかエンゲージリングを買いに行くことが決定していた。

「だったら直接見に行こう。決まりだな」

——あれ？　いらないと言ったつもりだったのに……

再び車で移動し、春乃がとある宝飾店でサイズを計られる展開になるまでに、さほど時間はかからなかった。

——何故こんなことに……？

眩しいほど煌めく店内の中でも、更にＶＩＰだけが通される奥の部屋で接客を受けながら、春乃は呆然としていた。

半分くらい、魂が抜け出ていたかもしれない。

黒のスーツを着たお洒落なスタッフがしきりに勧めてくるのは、大きなダイヤモンドの両脇にこれまた煌めきが強いダイヤが添えられた指輪。

ジュエリーに詳しくない春乃でも、石の透明度や輝きが素晴らしいのは一見して分かった。

「お客様は華奢でいらっしゃるので、繊細なデザインがとてもお似合いになりますね。こちらですとマリッジリングと重ねてつけても、邪魔になりません」

「その隣も見せてくれ」

「はい。こちら、とても珍しい天然のブルーダイヤを使用しております。トリートなしでこの発色はなかなかございません。どうぞお手に取ってご覧ください」

小さなリングが、ずしりとした重みを伝えてくる。

仰々しいデザインではないものの、透明感のある青は印象的だった。

「両方可愛いし、よく似合う。春乃はどちらが気に入った？」

「えっ」

万が一ここで片方を選べば、要は即購入しかねない。

値段がついていないので価格は不明だったが、おそらく家具と同等かそれ以上の気がして、春乃は頰を引き攣らせた。

「こ、こんなすごい品をつけて出かける機会はありません」

「今後必要になる。それに僕が妻に婚約指輪も贈っていないと笑い者になるじゃないか」

「でも……それならあの……もっとさりげない目立たないもので……」

トレーには、スタッフが厳選した指輪が五つほど並んでいる。しかしどれも春乃にしてみれば手が届かないものだ。

こんなものを身につけた日には、傷つけるのが怖くて何もできなくなると思った。

「日常使いできるものがいいということ？　毎日つけてくれたら、嬉しいな」

「仲がよろしいですね。では爪が引っ掛からないデザインは如何ですか？」

「悪くないが、こちらの方が春乃により似合う気がする」

どうやって断ろうか悩む春乃を尻目に、スタッフと要は真剣に話し合っていた。

穏便に『いらない』と告げるにはどうすればいいか。考えてもいいアイディアなど浮かばない。

結局、二人が吟味を重ね選んだ品が眼前に並べられている。その数三点。

膨大な数がある商品の中から選び抜かれたリングは、非の打ち所がなく光り輝いていた。

「この中なら、どれがいい？」

「え、あの……」

「選べないなら全部買おうか」

「これが気に入りました！」

本気で有言実行しかねない彼に恐れをなし、春乃はピンク色の石が中央にあしらわれた指輪を指し示した。

桜に似た淡い色味が愛らしい。それにハートにカットされたのが珍しく思えたのだ。

――あまり石が大きくないし……ピンク色ならダイヤよりは安い色石だよね？　この中なら一番リーズナブルかもしれない。それに、とても綺麗。

気に入ったのは本当だ。だがそれと同時にあまり婚約指輪らしくなくて、つけやすい気がした。

「すっきりとした中に可憐さがあって、とても君らしい。うん、似合っている。――ではこれをいただこう」

「お目が高いですね。ピンクダイヤのファンシーカットはとても貴重なのですよ。これだけの大きさと透明度ですと、滅多に出回りません。当店でも取り扱いは極稀です」

「え」

どうやら最もお手頃価格を選んだつもりが、やらかしてしまったらしい。

しかし今更『違うものにします』とは言えない。

変えたとしても、おそらくどれも負けず劣らず価値が高いものだと春乃は察した。

「サイズはどう？」

「ピッタリです……」

「まるでお客様のために初めから作られたようですね！」

「刻印を頼みたいんだが」

優美な指輪が春乃の左手薬指に輝いている。荒れ気味の自分の手にはそぐわない。無理に背伸びして身の丈に合わないものを身につけているようで、嬉しいのに複雑な感情を処理しきれなかった。

「……本当に似合っている」

「……ぇ」

要の手でこちらの左手を包み込まれたと思ったら、壊れ物のように撫でられた。指輪を丁重に扱うのは理解ができる。だが彼の手付きはどう見ても、春乃自身を貴重品として扱っていた。

「要さん？」

「正直僕は女性の装飾品に詳しくないから、君が気に入れば何でもいいと思っていたが、比べてみるとこれが一番似合っていた。春乃がつけていると、余計に煌めいている気がする」

「そんなはずないです」

お世辞にもほどがある。

褒められ過ぎると逆に嘘臭くも感じられ、春乃は反応に困ってしまった。

「私はアクセサリーを普段全くつけませんし、こんな素敵な品をいただいても、使いこなせませんよ」

「気にせず毎日身につけてくれ。……君が僕のものだっていう証拠だから」

指輪と指の境目をなぞられ、妙な愉悦が生じた。

むず痒さと、官能。

その二つが拮抗している。

思わず背筋を震わせると、陶然とした表情で彼が春乃を見つめてきた。

「極力外さないでほしい」

「き、傷をつけたら大変です」

「構わない。もし傷だらけになったら、別のものを買ってあげる。だから滅多なことでは外さないと約束してくれ」

懇願同然の響きに、断る選択はなかった。

必死に言い募られた言葉は真剣そのもので、適当にはぐらかすことなんてできない。

こちらも真摯に受け止め、頷く以外分からなくなった。

「よかった。ありがとう」

「……お礼を言うのは私の方です。まさか婚約指輪をいただけるなんて思っていなかったので、驚いてしまって……ありがとうございます」

戸惑いはあるものの、やはり嬉しい気持ちは本当だった。

好きな人から『特別』の証を贈られ、ときめかないわけがない。

たとえ契約で成り立つ関係を本物に見せかけるためであっても、エンゲージリングは乙女の夢だ。

恋心を封印し諦めてきた春乃にも、捨てきれない憧れは残っていた。

「強引に押し付けたようなものだが――喜んでくれる？」

「勿論です！……大切にしますね」

その言葉は、偽りなく本心だった。

不確かな契約関係の中で、この指輪だけが触れられる揺るぎないもの。

別れる際には返却すべきだとしても、今だけは間違いなく春乃のものだ。

自分と要を結び付けてくれる赤い糸にも感じられた。

――少しだけ、自分たちが結婚するんだって現実感が増してきた。

打算の上の関係でも、おそらく彼は春乃を大事にしてくれる。

婚約指輪まで用意して、誠実に振る舞ってくれた。これ以上を望めば、きっと罰が当た

る。

だから余計な期待をしてはいけない。

もはや恋心を枯らすことはできないから、せめてもう成長することがないよう自身を戒めなくては。

微笑みながら切ない決意を固め、春乃は揺らぐ心を叱咤した。

◇◇◇◇◇

なかなか自身の病状を春乃へ伝えない彼女の母親に痺れを切らし、要は自ら告げに行くことを決めた。

このままでは埒が明かないと思ったのが一つ、そして会いに行く理由が欲しかったのが、もう一つの理由だ。

大学卒業後も、春乃は自分の傍にいるものだと楽観視していた。

しかし蓋を開けてみれば彼女は、着々と要から離れる算段を練っていたらしい。

全てを知った時にはもう、就職や引っ越しの準備は整っていた。

あの時、事後報告され自分だけが蚊帳の外になっていた事実に打ちのめされたのは言うまでもない。

要は春乃が隣にいてくれることを、いつの間にか当然だと胡坐をかいていたのだ。

本当に愚かで馬鹿だ。

過去に戻れたなら、思い切り叱りつけたい。

油断して一番大事なものをなくし、失ってから後悔するなんて。

——僕は彼女が自分と同じ気持ちでいてくれると勘違いしていた。

敢えて言葉にしなくても、一生傍にいてくれるに決まっていると。そんな未来を無意識に信じていた。

——春乃は一度として、僕に好意を告げてくれたことはなかったのに。向けられる笑顔と優しさを都合よく解釈していた。あれはただ——両親に頼まれ、従っていただけだったんだ。

幼い頃から一緒に育ち、常に一番の理解者だった。自分が彼女なしでは不完全なように、春乃にとっても自分が不可欠な存在だと傲慢に考えていた。

いったい、何を根拠にそう思えたのか、今はもう全く分からない。

とにかく要が『いて当たり前』だと高を括っていた春乃の方は、そんなつもりが毛頭なかったのだ。

その証拠にあっさりと自分を捨て、遠い地で一人暮らしを始めてしまった。

あまりにも素っ気なく。一言も残すことなく。

別れの言葉すらない現実を、要はしばらく受け入れられなかった。

しかもまるで清々したと言わんばかりにその後春乃から連絡はなく、母親に会いに来てもこちらを避けるようにして、顔を合わせる機会もない。

あまりにも無情だ。

せめて幼馴染程度の繋がりを保ってくれたら、まだ救われた気もする。

これから頑張って距離を縮めれば、いつか再び隣にいることが自然になるのではないかと、夢くらいは見ていられた。

——でも、春乃は違ったんだな……

要から逃げるように、彼女は綺麗に縁を切った。

一人別の道を選び、もう自分の役目は終えたと言いたげに。一瞬たりとも振り返ってくれない後ろ姿を見せつけられ、要は己の気持ちを独り善がりなものだと認めざるを得なかった。

——彼女は僕のことを何とも想っていない。

母親が神宮寺で働いていたから、本音は嫌でも隣で微笑んでくれていただけ。

独り立ちできるようになれば、煩わしい軛から逃れたくて仕方なかっただろう。

就職は、丁度いい機会だったに過ぎない。

ずっと要から離れるタイミングを狙っていたことに、変わりはなかった。

――まさかそこまで疎まれていたなんて……

嫌われているとは正直思っていなかった。積み重ねた時間の中それなりの情は二人の間に横たわっていると疑わず、好意はあるものと信じていたのだ。

交流がなくなった四年間も、か細い希望の糸を断ち切れぬまま。

だからこそ、春乃の母が病に倒れても自分を頼ってこない彼女に苛立ち、あろうことか夜の仕事をしてでも金策をすると匂わされ、頭に血が上った。

そこまで、自分には借りを作りたくないのか。縋れないのか。関係のない他人として扱いたいのかと。

もしもあの時点で『助けてほしい』と春乃が言ってくれたなら、要は非常識な提案を口にしなかった。

どんな努力も援助も惜しまず、見返りなんて求めずに彼女と母親に尽くしたはずだ。

それなのに。

何が恩返しのために子どもを産めだ。卑怯かつ非人道的にもほどがある。

激昂を押し殺そうとした反動で漏れた言葉は、今思い返してみても最低だった。

人として、あり得ない。

普通に『結婚してほしい』と申し込めば断られると分かっていたから、逃げられないような言葉と状況で縛り付けた。

雁字搦めにし、他の選択肢は全て潰す。考える猶予を与えずに迫れば、心優しく善良な春乃が要を受け入れるしかないと計算していた。

——おばさんの命を交渉材料にするなんて、地獄に堕ちても文句は言えない。

長年家政婦として働いてくれた彼女に、恩も情もある。もう一人の母親として慕っていたのも本当だ。

だがそれら全てを踏みにじり道具にしてでも——春乃を手に入れたいと願ってしまった。

——自分が汚れ、最悪の人間になることで彼女を得られるなら、それでいい。

むしろいくら正しく生きて、神宮寺の後継者に相応しいよう知識と教養を身につけ、力を蓄え人々に認められるようになったとしても、最も渇望するものが指をすり抜けるなら、意味がなかった。

この千載一遇のチャンスを無駄にする気はない。

道義に反しているから何だ。

たとえあらゆるものを手にできても、春乃を失えば自分の人生は無価値になる。

背中を押したのは、どす黒い本性を露わにした己の声。

愚かな戯言で彼女を搦め捕り、強引に外堀を埋めた。もう、引き返せない。

引き返す気は、微塵もなかった。

——ごめんね、春乃。せっかく逃げたのが水の泡になり、こんな男に捕まって可哀相に。

二度と後悔したくないと心に決め、要は隣で眠る春乃を見下ろした。

暗闇の中、彼女の白い肌が官能的に浮かび上がる。

肩が寒そうだと思いそっと布団をかけてやると、昔と同じあどけない顔で小さく丸まった。

幼い頃、共に昼寝をした時もそうだったのを思い出す。

いつも春乃の寝顔が見たくて、要は必死に眠気に抗っていた。無防備な彼女の姿を目にできる時間が、この上なく好きだったのだ。

今夜は自分の寝室に彼女を連れ込んで、肌を重ねた。

嫌がるそぶりはなかったけれど、戸惑いが滲む瞳が痛ましく感じられ——それでいて快楽に染まる様が、一層要の劣情を掻き立てた。

心が得られないなら、せめて身体だけでも。

二度と飛べないよう羽を折ってしまいたい。許されるなら鎖をつけ、閉じ込めたいとも思っている。

——でも春乃らしさを失ってほしくもない。

彼女が自分へ向ける眼差しが、恐怖や嫌悪だけになったらと想像するだけでゾッとした。

だからギリギリ理性を保ち、辛うじて優しい男の振りをする。

正気を装い、利害の一致を殊更アピールし、とっくにおかしくなっているとは気づかれないよう、細心の注意を払った。

――壊れた男に執着されているなんて知られたら、流石の春乃も僕を完全に見放すに決まっている。

それとも母親のために涙を呑んで自分を犠牲にしてくれるのか。

傍にいてくれれば理由なんてどうでもいいと思いつつ、できれば良好な関係を築きたいとも望んでいた。

悪人に等しい自分が見る夢ではない。図々しいにもほどがある。

だとしても、なけなしの救いの糸は残されていると信じたかった。

「……好きだよ、春乃」

彼女の意識がある時には、決して言えない本心を吐露する。

これまでの対等ではない二人の関係で告白してしまえば、それは強制と同じだ。春乃は断れないし、彼女の母親も立場が悪くなる。

――もしかして僕の気持ちを薄々察していたから、君は事前に逃げたのかな?

考えたくもない可能性が浮かび、胸が痛んだ。

やはりいくら考えまいとしても、その答えしか思いつかない。あんなにも唐突に春乃が自分のもとを去ったのは、『興味がない』以上に要を嫌っていたからではないのか。

何度も否定し、頭の隅に追いやって、それでも消せなかった結論で顔を顰めた。

確かめるのが怖くてこの四年間踏み込めず、こちらから会いに行くことはおろか連絡すらもままならなかったのは、臆病ゆえだ。

本当に好きだから、問い質せない。保留にしておけば向き合わずに済む。

絶望する返事を聞きたくない一心で、逃げ続けてきたのは自分かもしれなかった。

夜明けまでにはまだ時間がある。

宵闇の中でしか本音を明かせない化け物になった気分で、要は愛しい乙女を抱き寄せた。

「ん……」

眠ったまま温もりを求め擦り寄ってくる姿が愛おしい。

頭を撫でてやると、小さく吐息を漏らした春乃が要の胸へ頬を埋めた。

——可愛い。絶対に手放したくない。ああ、やっぱり一刻も早く家具を揃えて居心地のいい『巣』を作らないと……

閉じ込められているのではなく、彼女自ら留まりたいと思えるような居場所を構築しよう。

そうすれば、羽をもいだり鎖で繋いだりしたいなんて、物騒な発想が鎮まるかもしれない。

鍵をかけることなく、春乃を己のテリトリーに留められるなら、何でもする。

——でも狭いベッドでこうして抱き合うのも、悪くはないな……

ぴったりと密着し、柔らかな肢体を掻き抱く。
彼女の香りを胸いっぱいに吸い込んで、要はようやく訪れた睡魔に身を任せた。

4　新生活に向けて

目が覚めると、すっかり日が昇っていた。

時計を確かめ、春乃は大慌てで飛び起きる。何と時刻は八時半過ぎ。休日だってこんなにダラダラと寝坊したことはなかった。

——要さんは……っ？

自分は有給を取得して出社の必要がないけれど、彼は違う。

おそらく暦通りの休みを取るのも難しいはず。にも拘らず、母の件を春乃へ伝えるために時間を作ってくれたに違いない。しかも昨日は見舞いのため、一日空けてくれていたのだ。

だが春乃は自分のことで精一杯で、そこまで思い至らなかった。

——どうしよう。まさか今日も休ませてしまった……？

ベッドを下り、慌ただしくリビングへ行けば、そこに人の気配はない。

代わりにダイニングテーブルの上に一枚の紙が置かれていた。

綺麗な文字は、要のもの。

過去、何度も目にしたから、間違いない。

最近は手書きの文字を見ることはめっきりなかったが、学生時代は毎日触れていたものだ。

懐かしさが込み上げて、春乃はメモ用紙にそっと触れた。

――相変わらず几帳面で、美麗な字……

綴られた内容は、仕事に行くことと朝食が冷蔵庫に入っているということだった。

最後に添えられた、『帰りは遅くなるから、先に寝てくれ』の一文に込められている意味を推測する。

逆に『待っていろ』と告げているのか。それとも春乃を気遣ってくれているのか。

以前なら彼の本心は語られずとも汲み取れていたつもりだったが、四年のブランクのせいか迷わずにいられない。

少し悩んだ末、結局春乃は眠らずに待っていようと決めた。

契約関係としては、それが正解だと考えたのだ。

――朝ごはん……冷凍食品でも用意しておいてくれたのかな?

冷蔵庫の中を覗き込み、春乃は眼を見開いた。

そこには、出汁巻き卵に焼き鮭、小鉢に盛られたホウレン草のお浸しなどが入っている。おそらくは手作りだ。

要が料理をするなんて知らなかった春乃は啞然とした。

——え……？　要さんが作ったの？　本当に？　だけどこの二日間、家事をする人なんて来ていないし……朝早くに出入りしているとも思えない。

彼は実家で暮らしていた時、料理など一切していなかったはずだ。ならば一人暮らしを始めてから、覚えたのか。

綺麗な層になった玉子焼きを見る限り、どう考えても普段料理をしない人が作ったものではない。

さりとて水切りラックには洗ったフライパンが置かれていたので、お惣菜を購入したのではないと思われた。

冷蔵庫の中には他にも生鮮食品が詰められている。

——びっくりした……生粋の御曹司は、家事なんてしないと思っていた……

しかし考えてみたら、部屋はきちんと掃除され、洗濯ものが山積みにもなっていない。使っている形跡がある掃除機や洗濯機、食洗器まであるのだ。

つまり要が自ら炊事洗濯をこなしているのだろう。

昨日は外食で済ませたのと、室内をじっくり観察する余裕がなかったせいで、春乃は何も目に入っていなかった。

――てっきりハウスキーピングをお願いしていると思っていた。次期後継者として忙しく働きながら、大変だろうに……これからは、できるだけ私が支えてあげたい。要さん、朝は和食派なのかな？　でもパンも好きだったよね？

大学の頃、彼は美味しいフレンチトーストを出す店を気に入って、よく春乃も同行させてもらった。

一人で行くのは嫌だと半ば強引に連行状態で。

とは言え、自分には贅沢な価格設定だったので、秘かに楽しみにしていたのだ。

その店のフレンチトーストは蕩けるような食感が売りで、甘いものから食事のメニューまであり、文句なしに美味だった。

華やかな盛り付けと愛らしい装飾の店内は、如何にも女子好み。もっと言えば、春乃の好きなものど真ん中だった。

要の趣味とはやや違うが、そういえば彼はどこであの店の存在を知ったのだろう。甘党でもないのに。

不意に疑問が浮かんだものの、追求すると『自分以外の女性』の影がちらつきそうで、春乃は咄嗟に頭を切り替えた。

──あのフレンチトーストの味……再現できないかな？　私が作ったら、要さんは喜んでくれるかな……？

無意識にそう考え、春乃はハッとした。

いつの間にか、彼の傍で生きていくことに疑問がなくなりかけている。

当然のように『これからの生活』を思い描いている自分に驚いた。

──私はあくまでも要さんにとって都合がいい道具でしかないのに……！

普通の結婚生活を夢想してしまった。

愛しい人と共に日々を重ねる、何でもない日常を想像し、胸が躍ったのは隠せない。

相手の好物を作り、清潔で居心地のいい空間を維持して……本物の夫婦のように生活してゆく。そういう、他愛無く掛け替えのない未来。

懸命に自分を戒めておかないと、いとも容易く甘い夢に溺れたくなった。

──今からこんな調子でどうするの。しっかりしなくちゃ……

身の丈に合わない望みを抱けば、きっと不幸になる。

きちんと現実と向き合い、分不相応な願いは頭の中から消しておくべきだ。

──お母さんのこともあるのに、浮かれている場合じゃないわ。

春乃は何度も自身に言い聞かせ、落ち着こうと試みた。

考えなくてはならないことは沢山ある。

だが要が用意してくれた朝食を食べ終える頃には、名状し難い感慨に襲われた。

――どれもすごく好みの味だった。ちょっとだけ甘い出汁巻き玉子なんて特に、お母さんが作ってくれたのとよく似ていて、懐かしい。私のために作ってくれたんだよね……？

好きの気持ちが膨らんで、溢れてしまいそう。

いくら口を噤んでも、視線や仕草から漏れ出てしまわないか、不安になった。

こんなにも優しさの片鱗を見せられては、恋心が制御できなくなる。

せっかくこの年まで隠してきた気持ちを露見させるわけにはいかない。自分のためにも。母のためにも。

そして何より、彼のために。

春乃はゆっくりと息を吐き出し、食器を洗った。

何かしていないと頭の中がぐちゃぐちゃになる。余計なことを考えないために、結局この日一日春乃は家事に没頭した。

鍵を持っていないので、外出はできない。

母の病室へ毎日通い詰めるのも逆に負担になる気がして、諦めた。

ならば今の自分にできるのは、要の帰りを待つことだけ。だが掃除は行き届いているし、片付いていないものはない。

シーツを洗濯し乾燥機に入れてしまえば、早くも手持無沙汰になった。

そこで時間的には早いけれど、夕食の支度に取り掛かることにする。

――食材、勝手に使ったら迷惑かな……？　遅くなるとメモがあったし、要さんは食べて帰ってくるかもしれないけど……

彼のために作ってあげたいと思った。何もせず部屋の中でぼうっとしているよりは、ずっとマシだ。

いらないと言われたら、明日春乃が食べればいい。

整理整頓されたキッチンは使い勝手がよく、道具もよく手入れされていた。

鍋やフライパンは勿論のこと、よほど拘りがなければ馴染みがない道具も揃っている。

――料理、好きなのかな？

要のことなら何でも知っているような気がしていたが、ただの思い込みだったようだ。

四年間の空白は存外大きい。

それでも昔彼が好んでいたコーヒー豆の種類や、愛用していたスニーカーのブランドが変わらないことを見つけると、かつての記憶が鮮やかによみがえった。

――私の知る要さんの片鱗に、ホッとしている。だけどそれだけじゃなく……

当時と同じところと、変わった部分。

両方とも見たいのが、春乃の偽らざる本音。見知らぬ彼の『男』の顔にもドキドキする。

端的に言えば、全てが『好き』に集約されていった。

——あまり深く考えず『役目』を受け入れてしまえば、ずっとこんな風に要さんの傍にいられる……？　私はいったいどうしたいんだろう……？

頭を整理しつつたっぷり時間をかけて料理をし、物思いに耽る。

この日、要が帰ってきたのは、零時前だった。


「寝ていていいと書き置きしたのに」

「私が好きで、待っていたんです。あの……食事は？」

「済ませてきたよ」

この時間であれば当然で、春乃は夕食の準備をしたことについて、触れなかった。

——勝手に作ったくせに、食べてもらえなかったことを少しだけ残念に感じてしまう。私ったら、欲張りね。

手料理を要に振る舞うなんて、かつては想像もしなかった。それが今や、贅沢な悩みである。

「お風呂、沸いています」

「ありがとう。——一緒に入る？」

「えっ」

言われた内容に愕然とし、春乃は立ち尽くした。その隙に嫣然と笑った彼に捕獲される。

「決まり。そうしよう」

「わ、私はもう入りました」

「たまには一日に二度入っても、問題ない。身体にさほど負担はかからないよ」

「そういうことではなく……！」

問題は身体に負担がかかるかどうかではなく、恥ずかしいかどうかだ。

腕を引かれて脱衣所へ連行され、脚を踏ん張って抵抗する隙もない。片手でネクタイを緩める要は、酩酊しそうな色香を放っていた。

「僕は君と一緒に入浴したい。春乃は嫌？」

「……っ」

耳元で囁かれ、吐息がこそばゆい。

首を竦めると、淫猥な手つきでうなじをなぞられた。

「や……」

「いい香りがする。春乃から僕と同じシャンプーの匂いがするのは、いいものだね」

耳殻を弄られ、肌がざわめく。

敏感な場所へは触れられていないのに、早くも官能の火を灯されてしまった。

初めての夜から日は浅い。

けれど春乃の身体はすっかり、彼のくれる快楽を覚えてしまったらしい。

期待に上気する素肌は、早くも汗ばんでくる。せっかく風呂で清めたのに、いやらしく脚の付け根が潤むのが分かった。

「だ、駄目です……」

「どうして？　嫌ならそう言って押し退けてくれ」

そんな言い方は狡い。

嫌ではないし、春乃に要を拒むことはできなかった。

下腹の疼きはどんどん広がってゆく。期待と共に、全身が火照り始めた。

「――はっきり言わないと、許可が出たと見做すよ」

「……ッん」

耳殻を食まれ、舌で擽られた。

息が詰まり、春乃の声が卑猥に震える。

時間をかけて一枚ずつ服を剝がれ、残っているのは下着だけ。最後の砦も脱がされて、ショーツが脚を滑り落ちてゆく感覚に背筋が戦慄いた。

「み、見ないでください……」

煌々と明かりが灯る脱衣所で、素肌を晒している。じっと見られているのを意識すると、羞恥に濡れた。

まだジャケットも脱いでいない彼との対比が居た堪れない。

それでいて要の下半身は変化を示しており、はしたないと分かっていても春乃の視線が吸い寄せられた。

彼はネクタイを外しただけで着崩れていないくせに、欲望を露わにしている。

どこに視線をやればいいのかも分からず、春乃は意識して眼を泳がせた。

「それじゃ、君が脱がせてくれる？」

「わ、私が？」

「極力見ないよう僕も努力するから、春乃も頑張って？」

その対価が釣り合っているのかどうかは、甚だ疑問だ。

しかしのぼせたように、頭は上手く働かない。

春乃は彼の眼差しに促され、強張る指先を動かした。

ジャケットを脱がせ、ワイシャツのボタンを外してゆく。上から一つずつ。

外し終えてしまえば腕を抜き、アンダーシャツも脱がせた。

鍛え抜かれた上半身は、何度見ても感嘆に値する。

この胸に抱かれたのだと思うと、春乃は顔から火を噴きそうになった。

――私ってば、こんなことを考えていたら、まるで痴女じゃない……！

心臓はとっくにおかしな速度で鼓動を刻んでいる。この数日で、不整脈を起こしてしまわないか不安になった。

「下も」

短く命令されて、抗えない。

だがベルトのバックルを外すのが、春乃の限界だった。

「こ、これ以上は無理です……っ」

とても直視できない。

指先は緊張で思い通りに動かなくなっている。

乱れた呼吸は、不審者かのよう。許しを請う視線を注げば、要がうっとりと微笑んだ。

「春乃にしては、頑張ったね」

額に口づけられ、頭を撫でられる。甘やかすのに似た仕草はまるで甘美な毒。

春乃の心を侵食し、蝕んでゆく錯覚を覚えた。

「涙目になって、可愛い」

意地悪されているのに嬉しいなんて、きっと自分はどうかしている。

早くも毒されてしまったのかもしれない。

漏れ出た息は喘ぎに似て、ひどく淫蕩な音に聞こえた。

「寒い？　ごめんね。先に湯に浸かっていて」

裸のまま立っていることや、彼の服を脱がせることに比べたら、随分楽な逃げ道を提示された気がして、素直に従ってしまう。

春乃は熟れた頬で頷くと、自ら浴室内へ入った。

一分ほどでやってきた要は、当然ながら一糸纏わぬ姿。

堂々と裸体を晒す様子に、こちらの方が気恥ずかしくなる。慌てて湯船の中で瞳を伏せれば、忍び笑いが聞こえてきた。

「昔は一緒に入ったこともあったのに」

「そんなの……っ、幼児の頃の話ですよね。覚えていませんよ」

「僕も覚えていないのが、残念だな」

背中を向けて俯けば、背後でシャワーの音が響いた。

彼が身体を洗っているのが、気配と音だけで伝わってくる。春乃の耳は、完全にダンボ状態になっていた。

――本当に痴女になってしまったみたい……

素知らぬふりをしようとしても、意識の全部が集中してしまう。頭の中では、知ってしまった要の裸身をまざまざと思い描ける。

服の上からでは分からなかった胸板の厚さや、腕の逞しさ、繊細な動きをする指先まで。

細い腰と張りのある太腿までが思い起こされ、春乃は必死に頭を左右に振った。

――駄目、何を考えて……っ

「何を考えているの?」

脳内と同じ質問をされて、思わず悲鳴が出かかった。

春乃が煩悩と闘っている間に洗髪まで終えた彼が、バスタブに入ってくる。背後から抱きしめられる形になり、背中には先刻思い出していた胸板が密着した。

「……っ、な、何も」

「嘘吐き」

要の両脚の間に抱え込まれ、身を縮める。体育座りの体勢を取ると、改めて抱き込まれた。

「……疲れが癒されるな」

「一人でゆっくり入浴した方が、安らぐと思いますが……」

「今夜は春乃の寝顔を見るだけだと思っていたから、こうして会話して一緒に風呂に浸かれるなんて夢みたいだ。待っていてくれて、ありがとう。でも今後は先に休んでいい。無理に僕に付き合うことはない」

「……無理なんて、していません」

初めは、契約の一環として彼の帰りを起きて待っているべきだと考えていた。

けれど料理をしている間に、『自分自身がそうしたいから』と気持ちが変わったのだ。

義務ではない。媚でもない。

単純に春乃は今夜、要と顔を合わせたかった。

会いたかったのだと自覚した。

「そう言ってくれるのは、嬉しい」

「……んッ」

髪を掻き分けて肩にキスをされると、身体は充分温まっているのにゾクッとした。

生温かい官能が末端まで広がる。

燻る期待は、もうごまかせなかった。

「春乃、少しだけ脚を開いて?」

お強請りに見せかけた命令を嫌だとは感じず、緩々と踵を左右へ滑らせる。

僅かな動きでも湯面がさざ波立ち、蒸気が視界を曇らせ、より淫靡な気分を盛り上げた。

春乃の身体を伝い落ち、彼の手が下へ移動してゆく。

焦らす動きが憎らしい。

はしたない真似をしたくないのに、勝手に腰が揺れそうになる。

浅ましい自分の欲望を懸命に抑え、春乃の爪先が丸まった。

あと少し。もう少し下降すれば、絶大な快楽を与えてもらえる。

繁みを掻き分けて肉粒を指で転がされると、待ち望んだ愉悦が滲んでいった。

「……ぁ、あ……」

「お湯のせいだけじゃなく、ぬかるんでいる?」

「い、言わないで……っ」

意地の悪い囁きで感度が上がるなんて、本当にどうかしている。

ヒクついた肢体をくねらせた拍子に、春乃の柔い尻に硬いものが当たった。

疼く体内が、それを欲しいと叫んでいる。

今すぐ爛れた内壁を掻き毟り、奥まで虚ろを埋めてほしい。隙間なくくっついて、一つの塊になってしまいたかった。

「要さん……っ」

「赤くなって、美味しそうだ」

振り返った頰を軽く齧られ、求めているものはそれではないと、危うく言いかけた。

淫らにも『早く』と懇願しそうになっている。

つい先日肌を重ねただけなのに、もはや春乃の身体は彼の虜になっていた。

何にも隔たれることなく、愛しい人を全身どころか体内でも感じられる行為は、中毒性のある媚薬だ。

今更知らなかった時には戻れない。

歪な形でも必要とされているなら、全部捧げてしまいたい欲に抗えるはずがなかった。

「あ……っ」

陰唇に要の指が埋められる。

浅瀬をさまよう動きを続けられると、春乃は堪らず背をのけ反らせた。それは当然、背後の彼に寄り掛かる体勢になる。

肉杭の存在感はより生々しさを増し、意識的な動きで春乃へ押し付けられた。

「は、ぁ……っ」

「自分でも擦り付けているのが分かる?」

「ぁ……や……っ」

「いやらしい春乃も可愛いよ」

下肢を弄ってくるのとは逆の手がこちらの乳房を鷲掴んだ。

人差し指と中指の間で先端が挟まれる。二本の指を擦り合わされると、乳嘴はますます硬く尖りを帯びた。

「ふ、く……っ」

二点同時の刺激はとても気持ちがいい。けれど、達するには物足りない。

じわじわ与えられる快楽が、更なる飢えを呼び覚ます。

貪欲になった肉欲は、理性で抑えるのが困難だった。

「要さん……っ、わ、私……っ」

「どうしてほしい? 言ってくれたら、何でもしてあげる」

甘く悪辣な誘惑に今にも屈しそう。

卑猥なお強請りを口走りかけ、春乃は死に物狂いで口を噤んだ。

自分の立場を弁えなくては、早々に捨てられてしまうかもしれない。その恐怖が辛うじて完全に堕ちるのを食い止めた。

「ぁあ……っ」

「──こんな時くらい、我が儘になってくれてもいいのに」

「ひゃ……ッ」

二本に増やされた指が春乃の蜜窟を犯した。

奥へ侵入し、バラバラに動かされる。

肉襞を摩擦されると、悦楽の水位が上がった。

「はぁ……ッ、ぁ、あんッ」

春乃の身体が跳ねた影響で、バスタブの湯が溢れた。

花芯を同時に捏ねられて、簡単に絶頂への階段を駆け上がりかける。だが今まさに達する直前で、要の指が淫道から引き抜かれた。

「え……?」

「物欲しげな顔をして……ねぇ、僕が欲しいって嘘でも言ってみたら?」

「きゃ……ッ」

突然脇の下に手を差し入れられ、持ち上げられたかと思えば身体の向きを変えられた。呼吸一つの間に、向かい合って座る体勢になる。それも、彼の脚に跨った状態。視線の高さが一緒になり、春乃は直視する顔の近さにたじろいだ。

「あ……ッ」

反射的に目を逸らしてしまったのは、単純に恥ずかしかったから。

初めての体位に戸惑い、こちらの顔を至近距離で見られるのが耐えられなかった。

「駄目だ。ちゃんと僕を見て」

穏やかに聞こえても強制力のある声音が、瞑目することも許してくれない。

しかも迂闊に下を見たせいで、要の屹立が視界に飛び込んできた。

「……っ」

光の屈折で、全てが明瞭に見えるわけではない。しかし透明の湯は、視界を遮ってはくれなかった。

雄々しくそそり立つものが、春乃の腹に当たる。先端が皮膚に擦り付けられ、一層首を擡げたように見えた。

「君のせいで、こうなった」

「わ、私の……?」

「ああ。無自覚に色々煽ってくるから、おかしくなりそうだ」

言いがかりだと頭の片隅では分かっている。

自分如きが彼に影響を及ぼせるとは思えない。単純に欲を発散したいだけか、もしくは一日も早く我が子を望んでいるからなのか。

別に春乃を欲してくれているのではない――と弁えた上で、激しく胸のうちが揺さ振られた。

――まるで求められているみたい……

錯覚でもいい。夢見がちな女の幻想で構わなかった。

不確かなものばかりの現実の中、目に見えるものに縋りたい。今なら、猛々しい変化をした肉槍に、何某かの意味を求めたかった。

――私へ、少しは情があるんだと――

腹の奥が切なく疼く。

春乃は羞恥心を脇に寄せ、要の肩へ両手を置いた。

「私も……要さんのせいで、おかしくなってしまったみたいです……」

真っ赤になった顔は、彼に抱きつくことで隠した。

心臓が忙しく脈打っている。

しっとりと合わせた肌はどちらも発熱し、呼吸の振動も伝わってきた。

「……っ、今夜のところは、それで許してあげる」

ギュッと抱きしめてくる男の腕が力強い。

こちらの後頭部に添えられた掌は、微かに震えていた。

「……ァッ」

尻を摑まれ、位置を調整される。蕩けた媚肉を割り拓く剛直が、ゆっくりと埋められた。

「熱い」

吐き出された要の声と息の方が、よほど高温だった。

春乃の前髪を散らす呼気で、火傷しそうなほど。

落ちてくる水滴が汗なのか、結露した蒸気なのかは分からない。滴が肌を叩く刺激すらも官能の糧になった。

「あ……っぁ、深い……っ」

これまでにない奥まで、彼の切っ先が届いている。

迎え入れたことのない場所を蹂躙されそうで、怖くなった。けれど膝立ちになろうにも、不自由な体勢のせいかままならない。

春乃の両腿は小刻みに震えるばかりで力が入らなかった。

下手に動けば、バスタブ内で滑ってしまう。通常よりは広くても、大人二人が大胆に動き回れるほどではない。

結局、全体重を要へ預け、深々と串刺しにされるしかなかった。

「んぅう……ッ」

「ナカ、うねっているのはわざと？」

「ち、違……っ」

春乃自らの意思で淫道を収斂させられるほど物慣れておらず、夢中で首を横に振る。

しかしそれは、体内に響く刺激を作り出しただけだった。

「ひぁッ」

僅かな振動も気持ちがいい。

蜜壺が限界まで拡げられている。みっしりと体内を埋め尽くすのは、要の昂ぶり。

形や硬さが生々しく伝わってきて、頭が快楽で蕩けそうになる。

どうにか愉悦を逃そうとしても、動けばより鮮烈な恍惚感が襲ってきた。

「や……っ、う、動かないで……っ」

「動いているのは僕じゃなく、春乃だ」

言われて初めて、自分が卑猥に腰を揺らしていることに気が付いた。

彼の身体に縋り、浅ましく前後に動いている。より快感を得ようとする行為に、誰より
驚いたのは春乃だった。

「う、嘘……こんな」

「可愛いな。もっと好きなようにしていいよ」

「ふ、んんッ」

軽く突き上げられ、春乃の眼前に光が弾けた。

不随意に隘路が収斂する。大喜びで要の肉杭を咀嚼していた。

湯が大きく波打ち、動く度に溢れてゆく。その音さえ、とてもいやらしく感じられた。

「ま、待って」

頭がボンヤリするのは、のぼせているからかもしれない。

だが二度の入浴のせいなのか、彼になのかは曖昧なまま。共に同じ律動を刻んでいると、何もかもがどうでもよくなってきていた。

「あ……っ、ぁ、あッ」

抱きしめられ口づけを請うたのは、どちらからか判然としない。

夢中で舌を絡ませ、唾液を交換する。

濡れた肌は滑り、身をくねらせると乳房の頂が要の胸で擦れた。それが、予測できない喜悦をもたらす。

湯を跳ねさせながら絡み合い、呼吸を合わせて快楽を追った。

肢体を上下させ、淫杭を蜜口で頬張る。見つめ合い、キスを交わし、互いの髪に指先を遊ばせた。

爛れた肉襞が剛直をしゃぶる。

どんどん高まる逸楽で、浴室内が蒸し風呂状態に感じられた。

「あ……ぁ、あんッ……要さん……っ」

涙が溢れ、視界が滲んだ。

最奥を抉られたまま腰を揺らされ、弱いところを容赦なく小突かれる。四肢は強張り、春乃の下腹が波打った。

「ほら、また。ナカに出してほしいって強請られているみたいだ」

意地の悪い台詞に意図せず蜜路が戦慄いて、内側の楔を強く締め付けた。

「はぅ……ッ、ぁ、ああッ」

「……っつ」

一瞬息を詰めた彼の動きが、荒っぽいものに変わる。

低く唸って春乃の尻をがっしりと摑み、激しく突き上げ始めた。隘路がめちゃくちゃに搔き毟られ、最奥を穿たれる。

一突きされれば意識は飛びそうになって、次の打擲で強引に現実へ引き戻された。

浮力があるおかげでまだ耐えられるものの、これが水中でなかったら、本当におかしくなってしまったかもしれない。

ガツガツと貫かれ、腹の奥が痺れてゆく。

痛みを感じないギリギリの強度で、淫窟を搔き回された。

「やぁあ……も、ぁ、あああッ」

いつの間にか春乃の背中はバスタブの縁に支えられ、要が半ば覆い被さっていた。勢いを増す抽挿で、知らぬ間に後ろへ追い詰められていたらしい。

危うく湯の中に頭まで没しそうになった時、彼が再び体勢を変えてきた。

「ひゃ……ッ」

繋がったままバスタブから抱え上げられる。

春乃の膝を腕にかけて立ち上がった要により、身体が浮く。湯の浮力とは全く違う浮遊感に、春乃は瞠目した。

「や……っ？」

背を壁に預け、脚は床についていない。つまり自分を支えてくれるのは、彼の身体だけだ。

当然自重はそのまま、繋がった局部にもかかった。

「ひ……ッ」

座った状態よりも深々と串刺しにされ、頭が真っ白になり何も考えられない。息もできず、無意味に唇を戦慄かせる。

瞬きもできない春乃の視界には、笑みを浮かべた要だけが映った。

「ああ……君はこの体勢が好きみたいだね。とても締め付けてくる」

何がと問う余裕は欠片もなかった。

達しっ放しになったように、春乃の身体は痙攣が止まらない。

両方の爪先が空中で丸まる。淫靡な軌跡で空を掻き、一向に静まる気配がなかった。

嬌声も上げられなくなった唇はだらしなく開いたまま、口の端から唾液が漏れ喉は掠れた音を奏でただけ。

無抵抗で彼の剛直を味わった。

「健気に蠢いている。僕が欲しいって言われている錯覚をするよ」

壁に貼りつけにされ、落下しないためには要の首に両腕を回ししがみ付くより他にない。

自ら両胸を押し付けて、春乃は懸命に息を整えた。

凶悪な快楽に、処理が到底追い付かない。息もできず、正気を手放さないのが今できる全てだった。

「む、り……ぃっ……」

これ以上壊れてしまわないために、自分の脚を彼の腰へ巻き付けて、僅かでも陰部にかかる重圧を分散させようと試みる。

しかしその足掻きは、結合を深めるのみだった。

「……ッ」

極彩色の愉悦が、頭の中で無数に爆ぜる。

もはや、意味のある言葉は紡げなかった。獣めいた唸りをこぼし、春乃は全身をヒクつかせる。

淫らな体勢で、絶頂へ飛ばされた。

艶声が浴室内に響き、体内に熱い迸りが注がれる。一滴たりともこぼして無駄にさせないと言わんばかりに要が最奥を突き上げ、壁との間で春乃は押し潰された。

白濁で満たされる。

染められ、作り替えられる幻影が見えた。

膣内に射精され、女の身体は喜んでしまっている。もっとと言いたげに肉筒が屹立に媚びていた。

「う……ぁ……」

「食い千切られるかと思った」

淫蕩な囁きのせいで、またもや法悦が込み上げる。引いては寄せる波と同じで、いつまで経っても快楽は消えてくれなかった。

「ぉ、おろしてくださ……」

「抜いたら、せっかく注いだものがこぼれてしまいそうだ」

「んぅッ」

わざとらしく腰を回され、結合部から温い滴が滴り落ちた。

蜜道が、子種ごと掻き回される。淫らな水音がして羞恥に悶えても、まだ下ろしてはもらえない。

いい加減、彼の腕も限界だろう。

疲労感で閉じそうになる瞼を押し上げ、春乃は上目遣いで要を見た。

「も、もう……」

「足らない。……ああ、せっかく入浴を済ませていたのに、汚れてしまったね。僕が洗ってあげるよ」

「きゃッ」

春乃を抱えたまま一度バスタブに座った彼は、両手でこちらの身体を弄った。

ただし、楔は隘路を犯したまま。

湯の中に、白い靄が溶けだす様が見え、春乃は途轍もない卑猥さにますます赤面した。

「要さん……！」

「一番汚れてしまった場所も洗ってあげる」

言うなり、彼が肉芽に手を伸ばしてくる。

膨れ充血した敏感な芽を摘まれ、春乃は甘い声で鳴いた。

「だ、駄目……っ」

イッたばかりの身体には、刺激が強過ぎる。つい数十秒前に達したばかりにも拘らず、再び高みへ押し上げられそうになった。

どうにか脚を閉じようとしても、正面に要がいては難しい。すぐに捕まって、花芯を弄ばれた。

「あ……ふっ」

ようやく彼が春乃のナカから抜け出て、ホッとしたのも束の間。秘裂へ要の中指が押し込まれた。

しかも曲げた指先で、内部を引っ掻いてくる。

さながら白濁を掻き出す動きで、春乃は戸惑った。

――さっきはこぼすのを気にしていたのに……っ

こんなことで喘ぐのが恥ずかしくて、春乃は自らの手で口を塞いだ。そうでもしなくては、たちまちふしだらに善がってしまう。

どんどんいやらしく作り替えられる己の身体が、信じられなかった。

「心配しなくても、いくらでも注いであげる。だからひとまず綺麗にしてあげるよ」

「あ……はぁんッ」

中指で淫路を探られつつ、親指で花芽を苛まれる。

すっかり解され高められた蜜洞は、従順に要の指を歓待した。

「春乃も物足りないみたいだ。でもいつまでもここにいたら、君が茹だってしまうかもしれない。だから――寝室へ行こうか？」

快楽で濁った頭は、言われていることの意味を半分も理解できなかった。

操られるまま頷いて、彼が微笑んでくれたことに安堵する。

抱きしめられるとそれだけでもう、他のことはどうでもいいと思ってしまった。

「可愛い。――ずっとそうやって素直なままでいてくれたらいいのに」

今度は横抱きでバスタブから引き揚げられ、手早く身体を拭かれた春乃は寝室へ運ばれた。

その間、頭はフワフワとして、現実感は希薄。

下ろされたベッドからは、要の香りがした。

それでようやく、彼の部屋へ連れてこられたのを悟ったくらい、意識が茫洋としていた。

「……お疲れなら……休んでください……」

「春乃に触れている方が元気が出る」

淫蕩な夜はまだ終わらない。

濡れ髪を掻き上げた要が覆い被さってくるのを、春乃は夢現で見上げた。


神宮寺夫妻への報告は、拍子抜けするほどあっさりと終わった。

多忙な彼らとなかなか予定が合わず、しかもタイミング悪く海外視察と重なりしばらく日本に戻らないとあって、最終的にテレビ通話での連絡になったのだが、『あらそう』『やっとか』の二言で片付けられたのだ。

場所は、要のマンション。

春乃と彼はリビングで並んで座り、一緒に端末を覗き込んでいた。

映し出されているのは、現在ヨーロッパに滞在中の神宮寺夫妻である。

しかしながらあまりにも淡白な反応に、春乃の方が愕然としてしまった。むしろ歓迎の空気すらあり、思考が停止したのは仕方あるまい。

こちらとしては罵倒され、大反対されるのを覚悟していた上、それで要の気が変わる可能性に期待と不安を燻らせていたのだが。

『要が選んだ相手なら、よほどじゃなければ口出しする気はない』

『春乃ちゃんなら昔からよく知っているし、不満はないわ。むしろよく、貴方がそんなにいい子を捕まえられたわね』

『そんなことより、鈴城さんの体調はどうなんだ。お前、きちんと入院の手続きはしたんだろうな？　結婚の挨拶を済ませたか？』

などと宣い、終始和やかに通話は終了した。

——え……？　奥様は私が要さんを騙したとは思わないの……？　旦那様も息子への信

さって……

頼が強いのか、放任主義なのか……要さんの結婚よりも、お母さんの病状を気にしてくだ

緊張で意気込んでいた分、肩透かしを食らった気分だ。

どう考えても、神宮寺家の嫁として、自分は相応しくないのに。

「だから言ったじゃないか。両親に関しては、心配する必要がないって」

「そうですが、お二人の考え方が特殊なんだと思います……」

世間の全員が春乃と要の結婚に理解を示してはくれないだろう。

この先、親類や会社関係者からはあれこれ言われるのが目に見えている。一切横槍が入らず祝福されるなんてあり得ない。

しかし最大の障壁になると構えていた相手が全く暖簾に腕押しだったので、春乃はすっかり気が抜けてしまった。

——もしかしてお二人は、子どもをもうけるのが目的だと知っている……？

愛情云々ではなく、跡取りを作るのが第一の目標で、いずれ離婚前提であるのを要から聞いているのだとしたら。

——お二人が使用人に対してでも誠実な方だと分かっているけど……そう考えないと、あまりにも簡単に結婚を許可されて、納得できない。

もしや冗談だと見做し、本気だとは夢にも思っていないのでは。

決して揉めたいわけではないが、疑心暗鬼になるくらいには、春乃の予想を裏切った結果になった。

「とにかく、これで婚姻届を提出するのに、問題はないね?」

「え……」

言われて、もはや入籍を阻む理由がなくなったことに気づいた。

彼の両親の許しがなくては、勝手に話が進められない——そう言ったのは、春乃だ。

たった今、その原因が取り払われた。

ならば書類上の手続きは今日にでも終えられる。

「あ……で、でもまだ私は職場を退職もしていなくて」

「それは順序が前後しても問題ないだろう」

まさにその通りで、これ以上言い訳が思いつかない。口籠った春乃の目の前に、すっと一枚の紙が差し出された。

婚姻届だ。

ご丁寧にも、要の欄は記入済みだった。後は、春乃の名前を入れるだけという用意周到振り。

「こ、これ……」

「君が書いたら、すぐに出しに行こう」

手際が良過ぎる。

　こうなっては、下手な小細工など無駄足でしかなかった。

「ああ、春乃の職場の挨拶は、僕も同行する。アパートの解約もあるし、引っ越しには男手が必要だろう?」

「ええっ」

　本格的に春乃の拠点をこちらに移すにあたり、整理しなくてはならないことは沢山ある。

　だがしかし、それらは全部、自分一人で行うつもりだった。

　彼の手を煩わせるなんて、考えてもみなかったのだ。

　——会社には電話で退職の旨を伝えてあるし、母の看病のためなら引継ぎ期間は考慮してくれると言ってもらえた。だから、要さんが同行する必要はない。

「私一人で大丈夫です。要さんはお忙しいじゃないですか」

「面倒を妻一人に押し付けるつもりはない。春乃みたいに真面目で誠実な社員の急な離職は、会社にとって少なくないダメージだろう。僕が結婚を急かしたのも要因の一つだし、一緒に頭を下げる。——それとも、僕が行ったら不都合があるのか?」

　胡乱な眼差しを向けられて、春乃は慌てて首を左右に振った。

　再会以来、よく分からないところで彼が不機嫌になることがある。要があからさまにこちらに八つ当たりすることはなくても、結果的に被害を受けるのは春乃だ。

主に、ベッドの中で。

意地悪をされ、足腰立たなくなるまで責め苛まれるのは、極力避けたかった。

「ないです。だけど何も面白いことはありませんし、引っ越しの荷物も家具の大半を処分するつもりなので、一人で平気だと思ったんです」

しかも結婚相手を同席させて退職手続きを取る社員なんて、聞いたこともない。

職場の上司や同僚らだって戸惑うに決まっていた。

——もしかして、私が一人で行ったらそのまま帰らないと疑われている……？　お母さんを置いて姿を消すわけがないし、今更要さんを裏切るつもりはないのに……信用ないのかな……

「じゃあ、言い方を変える。僕が春乃と一緒に行きたいんだ。離れていた四年間、君がどういう生活をして、どんな人と関わっていたのかを全部知りたい。空白を埋めさせてくれないか」

落ち込みかけていた春乃の気持ちが、現金にも浮上する。

決して、こちらを疑っていたのではないらしい。単純に『傍にいたい』と言われたようで、胸が高鳴った。

「そ……そういうことでしたら……」

これ以上意固地にもなれず、春乃は首肯した。

ほんのりと頬が熱い。憂鬱だった諸々が、微かに楽しみになった。

……そんなやり取りを経て、数日後。

宣言通りついてきた要と共に、春乃は四年勤めた会社の応接室で、上司に頭を下げていた。

「急に辞めることになり、申し訳ありません」

「気にしないで。お母様のこと、大事にして差し上げてね」

入社以来、私生活を含めよくしてくれた上司は、母と同年代の女性だ。

ふくよかでふんわりとした雰囲気とは裏腹に、仕事は丁寧かつ精力的で、気配りのできる尊敬する人だった。

──本当は、もっと色々教えていただきたかったな……

彼女に巡り会えたことを考えれば、この会社に入社できたのは春乃にとって幸運だった。心底慕っていたし、今も別れを惜しまずにはいられない。

決して大きな会社ではなく、地元密着のアットホームな社風は、同僚も朗らかな人が多くとても働きやすかった。

「彼女を強引に連れ去る形になってしまい、申し訳ありません。もし春乃さんが抜けた弊害があるようでしたら、僕にご連絡ください。急な退職に配慮くださった御社へ感謝の証として、今後便宜を図るつもりです」

要が名刺を取り出し、受け取った上司はそれを見てギョッとした顔をした。

彼の名前の上に書かれた社名は、数多ある神宮寺関連の事業の中でも、言わば大元だ。しかも役職は『営業部長』。要の年齢から考えれば、通常あり得ない。

敏い上司は、彼の名字から全てを悟ったらしかった。

「……お気遣い、ありがとうございます。確かに鈴城さんはとてもよく働いてくれ、取引先の評判も良かったので残念ですが……お母様が大変な時に支えてくださる方が傍にいてくれるのなら、安心しました」

恭しく名刺をテーブルに置いた上司は優しい目を春乃へ向けてきた。

「大変だとは思うけど、幸せになってね。何かあれば、遠慮なく連絡を頂戴。相談くらいのれるわ」

「ありがとうございます……」

バタバタと会社を去ることになり、引継ぎを終えられなかったのを責めもせず、労ってくれる上司に感謝の念が込み上げた。

改めて、ここで働けたことに心から礼を言いたい。

春乃が初めての一人暮らしと社会人になったばかりの心細さを乗り越えられたのは、間違いなくこの上司のおかげだった。

同僚たちも『大変だったね』『無理しないで』と今日声をかけてくれたのが、どんなにありがたかったことか。

人に恵まれた。それはこの先も春乃の財産になる。

別れを惜しめる人たちと働けたことを、この先忘れることはないだろう。

その時、要の携帯電話が振動した。消音設定になっていても、微かなバイブ音が会議室内に響く。

彼は素早く電源を落とそうとしたが、春乃がそれを止めた。

「出てください。会社で何かあったのかもしれません」

ただでさえ、今日ここに来るため無理に時間を作ったはずだ。自分のせいで要と会社に不利益を与えたくはなかった。

数秒の逡巡の後、彼は発信者の名前に目をやり、無視は不味いと判断したようだ。

「申し訳ありません、ちょっと失礼いたします」

「気になさらないでください。隣の会議室でしたら今誰も使っていませんので、どうぞ」

「ありがとうございます」

頭を下げた彼が応接室を出ていく。

残された春乃は、上司に向き直った。

「すみません。ありがとうございます」

「多忙な方なのね。私は気にしていないわ。それよりも、これで腑に落ちたというか……

やっと安心できた気分よ」

「え？」

よく分からない上司の言葉に首を傾げる。

すると彼女は秘密を打ち明けるように声を潜めた。

「……実は随分前に、休日の貴女を街中で見かけたの。その時、物陰から鈴城さんをじっと見つめている男性がいて……すぐどこかへ行ってしまったから、勘違いかなとも思っていたんだけど、ずっと心に引っ掛かっていたのよ。だけど今日神宮寺さんにお会いしたら、その人がかなりの男前だったのを思い出したわ」

「……っえ」

「ストーカーだと騒がなくてよかったわ。きっと遠距離恋愛中の恋人に会いに来たのね」

つまり、要は以前に春乃の様子を見に来ていたのか。

だが声もかけずに立ち去ったことになる。

その意図が分からず、春乃は絶句した。

「彼、貴女のことが好きで仕方ないのね」

「そんなはずありません……！」

動揺のあまり、思いの外大きな声が出てしまった。自分でも驚いて、慌てて口を押さえる。

しかし叫んだ事実は消せない。面白そうに噴き出した上司を、呆然と見守ることしかできなかった。

「ふふ、そんなに焦る鈴城さんを見たのは、初めてよ。貴女はいつもきちんとしたお嬢さんだったもの。彼がいると、自然に肩の力が抜けるのね」

思ってもみなかったことを言われ、返す言葉はなかった。

驚きで固まった春乃に、上司が微笑んでくれる。優しい笑顔は、いつも通りだった。

「ちゃんと幸せにならないと駄目よ。もし辛いことがあったら、いつでも電話なさい。鈴城さんは頑張り過ぎてしまうところがあるけれど、あの方が傍にいるなら、きっと大丈夫よ。だから——遠慮なく寄り掛かればいいわ。彼もそれを望んでいるんじゃない？」

何かを察した口調で諭され、瞳を揺らした。

彼女の言わんとしていることが、よく分からない。いや、心の片隅では理解できているのかもしれない。

けれど長年染み付いた思考が邪魔をして、春乃は全てを呑み込むことはできなかった。

「——すみません、お待たせしました」

通話を終えた要が戻ってきて、束の間の沈黙が破られる。

呪縛が解けた気分で、春乃は上司に深く首を垂れた。

「あ、あの、本日は時間を作っていただき、ありがとうございました。ご忠告も……心に留めておきます」

「ええ。うちは鈴城さんならいつ戻ってきてもらっても大歓迎よ」

「彼女にこちらにいた方がよかったと言われないよう、精進します」

冗談めかした上司の言葉に、要も笑顔で返した。

二人揃って社屋を出れば、晴れ晴れとした青空が広がっている。

東京《とうきょう》とは違い、ビルが少ないせいか空が高く大きく感じられた。

――この景色が、好きだった。

春乃のアパートは、引き払う手続きを既に終えた。荷物は運び出され、二度と帰ることはない。

この風景を目にするのは最後の予感がし、寂しさが胸に去来した。同時に、新しい生活への不安と期待があるのも否めない。

そのうちのどちらがより大きな比重を占めているのかは、まだ謎のまま。

四年間を過ごした地との別れはあっけなく、そして春乃が想像もしていなかった形で終わりを告げた。

5　不愉快な再会

入籍を済ませ、本格的に新生活が始まった。

つまりは、契約通り仮初の結婚をして一日も早く身籠るのが春乃に与えられた役目なのだが――

「おはよう、春乃」

ベッドで目が覚めるなり、途轍もない美形が微笑んで頬にキスを落としてきた。

要の双眸は甘く細められ、早朝の光の中でより輝いて見える。

今日こそは彼よりも早く起床し、朝食を用意しようと意気込んでいたのに、また先を越された。

既にスーツへ着替え終えた要は、一分の隙もない。キッチンからは仄かにいい香りが漂っていて、春乃は自分が思い切り出遅れたことを悟った。

──まだ六時なのに……要さんはいったい朝何時に起きているの？

睡眠不足を感じさせない彼の昨晩の帰宅時間は深夜一時近かった。

その後「休んでくれ」と言う春乃をベッドに引きずり込んで、何故こんなにも余力が残っているのだろう。

こちらは疲労困憊で、この時間に目を覚ますのが精一杯なのに。

──体力が桁違いなのかな……

正直、身体が重怠い。昼間も危うく居眠りしそうになることがあった。

──家のこととお母さんのお見舞いしかしていないのに、要さんより疲れた顔はしていられない。

しかも多忙な彼が家事をこなせるよう、最大限効率化されたこの家には、便利なツールが沢山ある。

時短調理器具や、全自動機器。コンシェルジュのサービスで買い物の代行やクリーニングの取次までしてくれるのだ。

それらを活用すると、普段の手間は劇的に減る。

週一回清掃の契約をしているらしく、掃除も楽だった。

──私がすることは少ない。これで疲れたなんて言ったら、罰が当たりそう。それに一番の悩みの種である、お母さんの件で少し希望が見えてきたし……

母は今の治療が合っているのか、娘の結婚で気力がよみがえったのか、着実に元気を取り戻しつつある。

手術に耐えられる体力を存分につけ、その日を迎えられそうなのが嬉しい。

春乃が生活の心配をせず母の傍にいられることに関しては、やはりどれだけ感謝しても足りなかった。

——それでも辛い、疲れたなんて私ったら贅沢ね。恵まれた環境に、いつの間にか慣れてしまうなんて……

要と暮らし始めて半月あまり。

寝食を共にしているせいか、初めのうちは居心地の悪さを感じていた空間が、今や落ち着く場所になっている。

起床して最初に目にするものが彼の尊顔なのも、最近では当たり前になりつつあった。

——でも起き抜けにキスされるのは、まだ慣れないかな……

まるで本物の新婚夫婦のような甘い朝の光景が毎日繰り広げられ、戸惑いを隠せない。

春乃が上体を起こすと、これまたいつもと同じく要に抱きしめられた。

「僕の奥さんは、まだ半分夢の中かな」

「……おはようございます」

「朝食はできている。僕は今日、早めに出なくてはならないから、もう行くよ。昨日よりは早く帰れると思う」

完璧に身支度を整えた彼と、寝癖がついて、ぼんやりした自分。

これではとても役に立っているとは言えない。

要に尽くしたいと決めたはずが、実際には理想からほど遠くなっていた。

――朝食くらい準備できなくて、どうするの。

「ご、ごめんなさい。寝坊してしまって……」

「まだ六時になったばかりだ。ちっとも寝坊じゃない。逆に起こしてしまったなら申し訳ないし、春乃が疲れているのは僕のせいでもある。昨日も遅くまで付き合わせてごめん」

「……っ、お、起きて待っていたのは、私が勝手にしたことです」

「家に帰って君が出迎えてくれると、どうしても抱きたくなる。でも、今後は少し控えるよ」

恥ずかしいことを言われて、何を返せばいいのやら。

子どもを欲しているのなら、彼の行動は当然だ。

そのために、春乃はここにいる。こちらも納得して引き受けたことなのだから、肌を重ねる頻度に抗議する気はなかった。

――体力的にきついのは本当だけど……まるで私の身体を気遣われているみたいで、ドキドキする……それに子作りだけが目的でないと言われたようで……

とても要が優しく、春乃を気にかけてくれるから。

どうなることかと不安だった新生活は、今のところ何一つ不満がない。

ビジネスライクに主従関係同然と覚悟していたものの、日々はさながら甘い蜜月だった。

目が覚めれば『おはよう』のキス。事あるごとに甘い台詞を囁かれ、大切にされていると錯覚しそうになる。

尊重され配慮され、極力共に食事をして、時には一緒に入浴する。眠る時は常に同じベッド。

休日の彼は、春乃のために時間を使ってくれた。

記念日でもないのに贈られたプレゼントは数知れず。春乃の左手薬指に燦然と輝くエンゲージリング以外にも沢山のジュエリーが一気に増えた。

とても使いこなせないから、高価なものは買わないでくれと何度も言っているが、今のところ効果はない。

宝飾品でなければいいのかと、服や鞄が増えただけだ。

また、母の見舞いにも可能な限り彼は同行してくれた。家事にも積極的だ。

こんなにも献身的な男性は珍しいのではないか。少なくとも春乃は他に知らないし——

自身の置かれた現状に混乱していた。

——契約結婚って、こういうもの？　違うよね？

蕩ける甘さで、毎日が蜂蜜や砂糖を摂取している気分。

溺愛されていると勘違いせずにいる方が難しい。一日たりともときめかない日はなかった。

――どうしよう……こんな日々が続いたら、もっと要さんを好きになってしまう。離れられなくなって、彼の望む役割を果たせなくなる。

我が子を私生児にしたくないと言った人だから、家庭環境の重要さを熟知しているのだろう。

両親が冷え切っていては、子どもに悪影響を及ぼす。

そのため、偽りでも良好な夫婦関係を築こうとしてくれているに違いない。

結果、春乃がむしろ苦しむなんて、想像もしていないに決まっていた。

――普通なら、夢のように恵まれた環境だ。『仕事』をすれば、有り余る報酬を手に入れられるのだから。欲張りになっちゃ駄目……

「じゃあ、行ってくる」

「行ってらっしゃい。気を付けてください」

玄関先で手を振れば、習慣になった口づけをされた。

本当に混乱するし、毎朝気恥ずかしい。けれどやめてくれとは思えない辺りが、春乃の罪深さでもある。

しかし要を送り出し、一人になると甘い夢想からは醒めた。

――分不相応な幸福が、当たり前に感じるようになったら困るのは私自身なのに……

幸せを感じた分だけ、現実を思い出した時の落差が激しい。こんな時は母に会いに行くのが一番。

「……お見舞いに行こう」

今ではちゃんと鍵を渡されているので、春乃の外出は自由だ。手早く出かける準備をし、春乃は病院へ向かった。


母の手術の日取りが決まった。

詳しい説明には要も同席してくれたことが心強い。

やはり娘の結婚で生きる希望が増幅したことが要因なのか、驚異的に病状が安定したそうだ。

この分なら以前よりも成功率が上がると言われ、人目も憚らず春乃の両目から涙が溢れた。

「よかった……！」

「絶対に大丈夫とは言えませんが……」

「それでも、ありがとうございます。これからもどうぞよろしくお願いいたします」

深く頭を下げ、相談室を出る。

途端に気が緩み、よろめいた春乃は要に支えられた。

「大丈夫か？」

「あ、ありがとうございます。気が抜けてしまって……まだ、これからが大変なのに」

「でも僕もかなりホッとした。お義母さんにも会っていこう」

微笑む彼の態度や言葉には、春乃に対する気遣いが溢れている。傍から二人を見れば、仲睦まじい若夫婦にしか思えないだろう。

——お母さんにもそう思ってもらえたら、いいな……

更に安心して、元気になってくれたなら。そしていずれは孫を抱いて——

幸せな未来が思い浮かび、無意識に要へ視線をやる。すると彼は春乃の腰へ腕を添えてきた。

「その前にちょっと休憩しようか。涙ぐんだせいで、君の目が赤い。お義母さんが心配してしまうから」

——こんなにも気を配ってくれて……今日隣にいてくれただけでも、充分ありがたかったのに。

独りで背負うには、母の件は重過ぎる。それでもこれまでなら、誰かに頼る発想が春乃にはなかった。

要が支えてくれるおかげで、とても心強い。けれど同時に自分が抱えるべき荷物を一緒に持ってくれている彼へ、申し訳なさを拭えなかった。

要は説明を聞くために仕事を抜けてきてくれたのだから、本当は急いで会社に戻りたいのではないか。

しかし春乃を急かすことなく、彼は院内のカフェスペースへ案内してくれた。

「座って。甘いものでも買ってくる。ほうじ茶ラテがあるみたいだが、それでいい？」

「わ、私が」

「いいから、ここで待っていて。ホットでいいかな」

自分の好きなものを今も覚えてくれていたらしい。

昔から春乃は夏でも冷たいものよりも温かい飲料を好み、中でもほうじ茶が特に好きだった。

学生時代よく連れていってもらったフレンチトーストの店にもほうじ茶ラテがあって、それを毎回春乃が注文していたのを彼は忘れていなかったのか。

小さな喜びが胸に灯る。

要にとっては小さなことだとしても、自分にはとても大きな意味があり、心に羽が生えたようにフワフワと浮き立った。

——何気ないことを記憶してくれていたなんて……

さながら大切な思い出だと言われた心地がする。春乃が後生大事に抱えていたものを、彼もまた宝物として守ってくれていたとしたら。

——少しだけ……夢を見てもいいかな……

心にかけたブレーキが壊れかけているのは自覚していた。

どんなに己に言い聞かせ戒めても、日々要から向けられる心遣いで易々と覆される。

彼の何気ない一言が春乃を掻き乱し、恋心を摘み取れない原因になっていた。

それだけではなく、視線や触れてくる手の優しさ、ふとした時に気づくあれこれが、春乃の心に降り積もってゆく。

それらは堆積し、もはや見て見ぬ振りも難しい。

滴り続ける恋情は、いつ器から溢れてもおかしくなかった。

何よりも、自分が一番辛い時に隣にいて、支えてくれたことが大きい。もう一人で踏ん張っていた頃に戻れる気がしなかった。

——頼れる相手がいる安らぎを知ってしまったら、この先独りぼっちになるのは怖い。

いくら病状が安定しつつあっても、母が百パーセント回復する保証はなく、手術が失敗することも念頭に置かねばならなかった。

そうでなくても自然の摂理に従えば、いつかは母が先に逝く。その時のことを想像し、即座に『耐えられない』と感じた。

もしその瞬間、傍に要がいてくれなかったら。

春乃を慰め寄り添ってくれなかったら。

他人に戻り、距離を置かれてしまったなら。

——嫌……っ
完膚なきまでに打ちのめされてしまう。立ち直れなくなった自分が簡単に想像できて、春乃は愕然とした。

——私、こんなに彼に依存していたの……

無意識に随分寄り掛かり、心の支えにしていたのだ。己の人生に不可欠だと感じるほど。

——気づきたくなかった。

終わりの日が来たら、泣くことはあっても割り切れると信じていた過去の自分は浅はかだ。楽観視し、真剣に考えていなかった。いや、考えまいとしていた。

春乃の心も身体も日常も、すっかり要に侵食され尽くし、とっくに後戻りはできなかったのに。

「——お待たせ。熱いから、気を付けて」

眼前にカップを置かれ、春乃の懊悩は途切れた。

顔を上げれば、彼が晴れやかに笑ってくれる。基本的に笑顔であることが多い人だが、それはあくまでも外向き用。

こんな風に作り物ではない本物の笑みを浮かべるのは、心を許した相手にだけだと春乃はよく知っていた。

──ああ……『どうせ私なんて』という思い込みが強過ぎて、大事なことを見落としていた。この人は、誰に対しても誠実だったじゃない。打算であっても私を選んでくれたのは、多少の情があったはずなのに……

人間を道具扱いする人ではない。

誰に対しても真心を持って接してくれる人だ。

それなら、春乃に対する全部が偽りであるものか。

百パーセントではないとしても、欠片は真実が含まれている。丸ごと否定する必要はないのだと感じた。

──だったら私も疑わず、心を預けて信じてみたい。

終わりを見据え怯え続けるより、長くこの幸せを維持できるように。

同じ努力なら、要への恋慕を捨て去るのではなく、どんな理由であっても彼を繋ぎとめる方向が健全だと思った。

「どうした？　もしかして別のものが飲みたかった？」

「あ……いいえ。ありがとうございます」

こちらを不安そうに覗き込んでくる彼に笑いかけ、春乃はカップを両手で持った。

思い出の味に口をつけ、思わず吐息が漏れる。

一人で暮らしていた時にもたまにほうじ茶ラテは飲んでいた。けれどこんなにも美味しいと感じたことはない。

懐かしい学生時代が鮮やかによみがえり、泣きたい気持ちになったのは秘密だ。

あの頃、特別美味に感じていたのは、要と一緒だったからだと、悟ってしまった。

「春乃……？」

「あ……ごめんなさい。やっぱり安心して涙腺が緩んだみたいです」

涙が溢れた理由をそう言い訳し、俯いて目尻を拭った。

すると彼がハンカチを差し出してくれる。頬を伝った滴を、そっと拭いてくれた。

「いくらでも泣いていい。人目が気になるなら、こっちへおいで」

椅子ごと移動させられ、壁と要の身体で他者からの視線が遮られる。有り余る気遣いに、ますます瞳の奥が熱くなった。

「大丈夫、誰も見ていない」

「面倒をかけて、本当にすみません……」

「謝らないでくれ。面倒だなんて思うわけがない。春乃が一人で隠れて泣いている方が、僕は辛い。せめて慰めさせてくれないか」

こめかみに添えられた手に促され、春乃の頭が彼の肩に預けられた。

触れ合う身体が温かい。包み込まれるのに似た安心感が、春乃の全てを慰撫してくれた。

「これからも、僕に頼って寄り掛かってほしい。安心して春乃が安らげる場所になりたいんだ」

穏やかに紡がれた言葉が、心の最深部へ染み込んでゆく。

それは、瞬く間に愛おしさへ変わった。

——これ以上ごまかせない。私……やっぱり要さんが好き。とても諦められない。……それなら、彼に愛してもらえるよう頑張ってもいい？

要から注がれるものの中には恋愛感情とは限らなくても、愛情が含まれていると思っても許されるだろうか。

自分にも、そんな価値があるのだと。

勇気を掻き集め、春乃は心の武装を秘かに解く。惹かれ傾く恋情を解放するために。

覚悟を決め、大きく息を吸った時。

「——え、もしかして要君？　わぁ、昔と全然変わっていない。いやむしろ格好良くなった!?」

突如響いた女性の声に、驚いた春乃の喉が掠れた。

慌てて泣き顔を壁側に背け、濡れた頬や目尻を拭う。その間に、誰かが近づいてくる足音がした。

「ああ、やっぱり！　うわぁ、懐かしい。大学の卒業式以来だから四年振りだよね」

はしゃいだ声音には聞き覚えがあった。甲高くて、鼻にかかる甘い声。

女性が口にした『大学の卒業式』というキーワードも相まって、春乃の記憶が刺激された。

――泉谷《いずみや》さん……？

泉谷加奈《かな》。二人が通った大学の同期生だ。ゼミも同じだった。

しかし特別親しくしていたのではない。というよりも、春乃は彼女に嫌われていた。

加奈は要への好意を隠そうとしていなかったから、常に傍にいる春乃を邪魔に感じていたのだろう。

事あるごとに睨みつけられていたことを思い出す。

陰で嫌がらせをされた苦い記憶が、一気によみがえった。

「こんなところで会えるなんて、思わなかったよ！　私今、この病院で働いているの。知り合いの紹介で、院長の秘書になったのよ」

縁故採用であることをどこか誇らしげに語る加奈は、病院スタッフとは思えない派手な格好だった。

学生時代から美人で有名だったが、今も変わらず美しい。

だが華やかな化粧やネイルは、こういう職場に相応しいとは言い切れない。格好は自由なのかもしれないが、やや場違いに見えた。

「……久しぶりだね」

「本当に！　ねぇ、もしかして誰か家族や知り合いがここに入院しているの？　私、口利きしてあげようか」

いくら病院スタッフであっても、こんなところで特定の相手に『優遇する』と仄めかすのは如何なものか。他の患者やその家族がいるのに。

春乃は何となく周囲を見回してしまった。

──人に聞かれたら、不味いんじゃないの……？

「気持ちだけ受け取っておく」

「ええ？　じゃあ、どなたが入院しているのか、教えてよ」

プライベートにずかずか割り込んでくる彼女には、要の奥に座る春乃の姿は見えないらしい。

微塵も気にした様子はなく、勝手に向かいの空いている席に腰を下ろした。

──相変わらず積極的だな……泉谷さん。ご実家が裕福だって聞いたし、目立つ美人で異性にモテていたから、いつも自信満々だった。

通っていた大学は、家柄の良さだけでは入れないところだったので、当然学力もある。

噂では、高校時代ホームステイを経験し英語が堪能なのだとか。

他にもピアノやバレエなどに長けていると聞いたこともあった。

つまり、非の打ち所がない令嬢。

こういう人が要には相応しいのではないかと——ちらりと春乃の脳裏を掠めた。

「こんな奇跡みたいな偶然あるのね。もう運命じゃない？　せっかくだから、連絡先を交換しない？　私、色々力になれると思うよ」

「ごめん、これから見舞いに行く予定なんだ」

「だから、誰が入院しているの？」

やんわりと躱そうとした要の意図は伝わらず、携帯電話を取り出した加奈が身を乗り出してくる。

その時点でようやく、春乃の存在が彼女の目に入ったようだ。

「隣の方は、お知り合い？　あ、もしかしてその方のご家族が患者なの？」

要が返事を濁していたのは、彼の直接の関係者が患者ではないせいだと考えたのか、加奈は不躾な質問をしてくる。

春乃は不快感を持て余しながら、ゆっくり顔を上げた。

「——え……鈴城さん？」

「……久しぶり、泉谷さん」

ウキウキした様子だった彼女が、一気に険しい表情へ変わった。

春乃と要の間を行き来する加奈の視線が、『どういうこと?』と問いかけている。だが彼は何も言う気がないのか、こちらの手を取って立ち上がった。

「行こう、春乃。忙しいから失礼するよ、泉谷さん」

「ちょ……まだ話は終わってないんだけど……!」

かつてと同じ鋭さで、彼女が真正面から春乃を睨んでくる。要に相手にされていないことをやっと悟ったのか、さも面白くなさげに舌打ちした。

「……鈴城さんさぁ、まだ要君のコバンザメしていたんだ。いい加減迷惑だって気づきなよ。そういうの、ストーカーみたいって分からない?」

悪意のある言い方に絶句したのは言うまでもない。

何故、ただの同期生にここまで言われなくてはならないのか。

いくら温厚な春乃でも、気持ちがささくれ立つ。つい一言返したくなって——直後に口を噤んだ。

加奈が母の世話になっている病院関係者なら、悪感情を持たれていいことなんて一つもない。

しかも縁故採用なのが本当なら、人事に口出しできる人間と懇意にしていることになる。

そんな相手に睨まれては、母の治療に悪い影響が出るのではないか——一瞬でそこまで考え、下手なことを言えるわけがなかった。

「黙っているってことは、自覚あるんだ？　今でも要君に集って生きているの？」

春乃の大学の学費は、奨学金で賄っていた。

そのため、集っていると貶められる謂れはない。

けれど高校までのことを含めれば、神宮寺から多大なる援助を受けていたのは否定できなかった。

それにカフェでの飲食代を彼が負担した回数は数知れない。

休日には、美術館や映画、テーマパークなどにも同行を求められ、その都度要が先んじて支払ってくれていたのだ。

何度春乃が『自分で払う』と告げても受け取ってもらえず、『僕が行きたい場所へ、バイトを休んで付き合ってくれたお礼』と断られて。

現在にしてもそう。

あれこれ過分なプレゼントを贈られているのを鑑みれば、春乃が裕福な彼を利用していると判断されてもおかしくない。

そういう諸々を俯瞰して見ると、『集《たか》っている』と誹られても反論はできなかった。

――お母さんの治療にかかるお金だって、結局は……

込み上げるものが悲しみなのか怒りなのか涙なのかも分からない。

ただ、この場に留まるのが辛くて、逃げ出したくなる。

さりとて震える脚は役立たずで、春乃は腰を浮かせた中途半端な体勢のまま固まっていた。

「……随分、この病院の質も落ちたものだね」

聞いたこともない低い声に驚くと、突然春乃は腰を引き寄せられた。

よろめいて要の身体にぶつかる。そのまま強く密着し、隣に立つ彼の横顔へ視線をやった。

「春乃は僕の妻だ。入院しているのは、僕の義母。泉谷さんはここで働いているんだろう？　患者の家族を妄想で罵るなんて、懲罰対象になるんじゃないか？」

「は？　妻？　……ぇ、じゃあまさか特別室の患者って……」

流石に院長の秘書をしているだけありＶＩＰの情報は共有していたのか、彼女の顔色が変わった。

「鈴城って……え、本当に？」

「これ以上妻を侮辱するなら、こちらも相応の対処をする。それから――春乃は僕に集ったことなんて一度もない。貢がせてくれるなら、もっと喜んでしている」

吐き捨てるように言うと、要は春乃の腰に腕を添えたまま歩き出した。

まるで大事な人を敵から守ろうとせんばかり。

普段柔和な雰囲気を持つ人からは考えられない、猛々しい怒気が溢れていた。

「あ、あの要さん」

「不愉快だ。申し訳ないが苛立ちが治まるまで、お義母さんのところへは行けそうもない。外の空気を吸いに行かないか」

「それは構いませんが……セルフサービスなのに、カップを片付けず席を立ってしまいました……」

「え」

怒りのあまり、彼は周りが見えなくなっていたらしい。こんなことは非常に珍しく、いつも周囲への配慮を忘れない要のこんな姿を、春乃は初めて目撃した。

「……傷つけられたのは君なのに、カップのことを気にするのか？」

「だって、お店の方の迷惑になってしまいます……」

「ふ……ふふ、春乃らしいな」

刺々しい空気を纏っていた彼が、一転破顔した。

口元を押さえ、肩を震わせている。

そんな姿は春乃にとって馴染み深いもので――少なからずホッと気が抜けた。

――よかった……怒りが和らいだみたい……

あまり要が苛立つ姿は見たくない。彼を不快にする要素は遠ざけたかった。

まして腹立ちの原因が自分だなんて。私のためにあんなに怒ってくれるなんて……

——でも……少しだけ嬉しいと感じてしまった。

揉め事や煩わしい事があっても、常に笑顔で穏便に躱してきた人だ。

学生時代、要を取り囲み騒ぎ立てる女生徒にも、冷たい態度は取っていなかった。

時折度を越した馴れ馴れしさを見せる加奈に対しても、紳士的に振る舞い続けていたのは知っている。

——そんな人が、あんな風にキッパリ言い返してくれるとは思わなかった……

春乃を守るため、敢えて強い言い方をしてくれたのは、伝わってきた。理性的に他者と衝突を避ける人が、感情を露わにして。

——しかも妻だと言ってくれた。

何よりも、それが嬉しい。

堂々と宣言された喜びがじわじわと広がってゆく。

少なくとも、彼は春乃をぞんざいには扱わないし、隠す気もない。形だけの『妻』ではなく、本気で大切な家族と見做してくれているのだと分かった。

お喋りな加奈が、この件を黙っているとは思えない。

きっとあちこち言い触らすだろうし、そうでなくても人が大勢いる場所で声を荒らげたのだ。目撃者は他にもいる。

その人々が口を閉ざす保証はない。面白おかしく吹聴されれば、自分たちの結婚が知れ渡るのは時間の問題な気がした。

――要さんは知られても構わないと思ってくれているの？　それって、今のところ離婚の意思がないということ……？

ドキドキして、胸が痛い。

病院の中庭にあるベンチに並んで座ると、落ち着く時間が必要なのは春乃も同じだったと気が付いた。

「……みっともないところを見せて、すまない」

「そんなこと、気にしないでください。要さんが怒ったのをあまり見たことがなかったので少し驚きましたが、その……庇ってくれて嬉しかったです」

「……春乃に嫌われたらどうしようかと思った」

「嫌うなんて、あり得ません。むしろ――」

より好きになったと言いそうになり、曖昧に濁す。

勢いづいて、暴走しかけてしまった。いきなり告白しては、彼も戸惑うはず。好きになってもらうには、自分の気持ちを押し付けるだけでは駄目だ。

とにかく感謝の気持ちを伝えたくて、春乃は要の手に己の手を重ねた。

「ありがとうございます。私では咄嗟に言い返せませんでした」

考えてみれば、加奈の言動で患者が不利益を被るのはおかしい。多少の便宜が図られることがあったとしても、まともな病院であれば一職員の権限で患者が蔑ろにされるわけがなかった。

それもひどく個人的な感情で。

——想定外の再会にショックを受けて、頭が働かなかった。冷静になれば、分かったことなのに。要さんが反論してくれなかったら、あのまま言われ放題だった。その方が軽んじられて、尚更お母さんに不利益があったんじゃない？

直接的な嫌がらせはなくても、妙な噂くらいは流された可能性がある。

神宮寺家に金を出させて、身の丈に合わない病室で偉そうにしているとでも。

万が一母の耳に入れば、気に病むに決まっていた。

——言い返さなかったら、きっと『何を言ってもいい』と見下された。大学の頃みたいに……

今更ながら、悔しくなってくる。

昔は彼女に嫌われるのも、自分が分不相応な扱いを受けているので仕方ないと思っていたが、今は理不尽さも見えるようになった。

ただ黙って俯いていても駄目なのだと、ようやく悟る。

時には毅然とした態度を取らなくては、大事なものは守れない。そんな当たり前のことがやっと理解できた。

「要さん……ありがとうございます。あの、こんなことを言っては不謹慎かもしれないですが……格好良かったです……」

精一杯、想いを言葉に乗せた。

彼の手が、ピクリと動く。けれど、何も言ってくれない。微妙な沈黙が二人の間に流れた。

不安になり、春乃が隣を窺うと。

「……っ、不意打ちは狡い」

真っ赤になった要が片手で顔を覆っていた。だが指の隙間からは熟れた頬が覗いている。耳もこの上なく赤く染まっていた。

「……っ」

どうしてか、春乃の顔も上気する。

心臓が脈を乱打して、全身に汗が滲んだ。

「……気持ちを落ち着けるつもりが、余計にのぼせそうだ」

掠れる声を絞り出した彼が、春乃から顔を背ける。それでも重ねた手を引き抜こうとはしなかった。

逆に上下をひっくり返し、要が春乃の手を握ってくる。

温かな感触と重みが気持ちいい。

こちらも、振り解きたいとは欠片も思わなかった。

「困ったな。二人きりになりたくなってしまった」

「え」

「今夜は、覚悟しておいて」

濃厚な誘惑で、クラクラした。

淫猥さを孕んだ流し目も、皮膚を擽る指先も、甘い声音も、全部が春乃を昂ぶらせる。

頷く以外、選択肢はなかった。

◇◇◇◇◇

大学時代しつこく要に付き纏ってきた加奈との再会は、お世辞にも楽しいものではなかった。

鬱陶しいの一言に尽きる。

何故あんなにも根拠なく自信満々でいられるのか。

化粧か香水かは知らないが、病院スタッフにしては強い匂いを振りまいていて、要は心底呆れてしまった。

それでも煩わしいだけなら、いくらだって我慢できる。

彼女の望むようにこやかに接して、極力穏便かつ速やかに遠ざけるだけだ。

いつものように、求められた役を義務として演じればいい。どうせ深く付き合う気のない相手なら、上面の対応で充分だ。

今回、それが上手くできなかったのは、春乃が侮辱されたからに他ならない。

昔も何やら嫌がらせめいたことをされていたのは薄々気づいていたけれど、当時は自分の目が届かないところでなされていたので、口を挟めなかった。

それだけではなく、春乃が『何でもない』と主張するのを、無理に問い質すのも躊躇われた。

勝手に女性同士の関係に頭を突っ込んで、『お節介』だと嫌がられたくなかったから。

しかし今日は、眼前で繰り広げられた光景を、黙って見ていることができなかった。

大事な人が愚弄されたのに見過ごすなどあり得ない。

春乃の性格上、言い返せないのは目に見えていた。元来、優し過ぎる彼女は、言い争いに向いていない。

本当なら、馬鹿げた諍いが怒る前に要が守らねばならなかったのだ。

――春乃を辛い目に遭わせてしまったのは僕の落ち度だ。

怒りと自身の至らなさで、頭に血が上った。いつもなら人目のある場所で攻撃的になることは滅多にない。もっと上手く立ち回る。

けれどあの瞬間は、到底苛立ちを抑えられなかった。

人生であれほどの憤りを覚えたのは、小学校で春乃が同級生から嫌がらせを受けているのを知った時以来。全身を血が駆け巡り、今にも暴力的な衝動が爆発しかねなかった。

しかし驚くべきことに、そんな憤怒を春乃は一瞬で掻き消してくれたのだ。

カップを片付けなかったという言葉で。

──今思い返してみても、面白いな。

あの状況でそんな発想を抱ける彼女を尊敬する。自分の受けた被害よりも、店のスタッフを気にかける視野の広さと配慮は、素晴らしいものだ。

めそめそ泣くのでもなく、不快感を露わにするのでもない。

ある意味冷静で思慮深い春乃らしかった。

──そういうところも惹かれてやまない。

要は思い出し笑いを噛み殺し、義母の見舞いを終え会社に戻って、大急ぎで仕事を片付けた。

昼間の一件以来、ずっと体内に燻る熱がある。

可愛くて愛しい春乃を思う存分抱きしめたい。この腕に囲い、溢れる想いの全部を注ぎたかった。一向に静まらない情欲は、大きくなるばかり。

帰宅するなりそれを愛しい妻にぶつけ、彼女は今、要の腕の中で乱れた息を整えていた。

「ん……っ、要さん……」

一度達した身体は敏感で、淡く桃色に染まっている。

寝室に行くのももどかしく、廊下の壁に押し付けた春乃を指と舌で愛撫した。

「ひゃ……っ」

パジャマの上ははだけられ、乳房が官能的に覗いている。下は彼女の足元に下着ごと落とされていた。

愛しい人の片脚を持ち上げ、その前に跪いた体勢で、蕩けた蜜口に舌を這わせる。

初めは『恥ずかしい』『駄目だ』と拒否していた春乃は、今や甘い啜り鳴きを上げていた。

「ぁ……っ、もう……ッ」

ぴちゃぴちゃと水音が響く。

その音にすら興奮が募った。

花弁からは甘い蜜が滴り落ちる。その芳香に酔いしれ、もっと春乃を虐めたい気持ちと労わりたい気持ちが拮抗した。

今日あった不快なことは、全部忘れてほしい。自分のことだけを考えてくれれば充分。

快楽に溺れ、淫らに己を求めさせたかった。

「あッ、ぁ、あ」

赤く熟れた陰唇から溢れた愛液が太腿を伝う。彼女が喜悦を得ているのは明白。

そんな春乃を悦ばせたくて、より大胆に舌をひらめかせれば、細い肢体がビクッと痙攣した。

「……っんぅう……ッ」

彼女の膝が崩れる前に支え、壁に向かって立つ体勢になってもらった。

春乃の腰を後ろへ引き、逆の手で慌ただしく自身のベルトを緩める。

戸惑い気味に振り返った彼女は、耳まで赤らめて俯いた。

「こ、こんなところで……」

「ごめん、もう限界なんだ。一日中、君のことを考えていた」

耳殻をしゃぶり、吐息交じりに囁けば、春乃の肩が打ち震えた。

彼女の黒髪が肌を滑り、滲んだ汗で首筋に張り付いている。その様は筆舌に尽くし難いほど淫靡だった。

「わ、私のことを……？」

「ああ。仕事は嫌いじゃないが、今日ばかりは全部放り出したかった。一瞬でも早く、春乃に会って、抱きたくて堪らなかったから」

背後から乳房を揶い上げ、尖り始めた頂を嬲る。

もう片方の手は、濡れそぼつ秘裂へ遊ばせた。

そこは熱く蕩け、指を呑み込もうと蠢いている。逸る気持ちを宥めすかし肉芽を摘むと、壁についた春乃の手がギュッと強張った。

「んん……っ」

「君は？　僕の帰りを待ち望んでくれた？」

「あ……っ」

尻の割れ目に肉杭を押し付けて、彼女の柔らかな感触を堪能する。それだけで暴発しそうになるのを、懸命に堪えた。

焦らしてようやく手にした果実を、もっと味わいたい。

目一杯時間をかけて春乃の全てを喰らってみたかった。

「もしかして、待ちきれずに自分で慰めていた？　いつも以上に濡れている気がする」

「そ、そんなこと……していません」

涙声で否定され、悪辣な欲望が荒ぶった。

自分の中に、こんなに意地の悪い性質が潜んでいたとは知らなかったが、彼女の泣き顔よりも笑顔や喘ぐ姿を見たい気持ちが辛うじて勝り、深く追及するのを思い止まる。

ただ、ごくりと喉が上下したのは仕方あるまい。

膨れた花芯を扱き、硬くなったそれを強めに擦った。

いつも以上に力を加えても快楽に変換されるのか、春乃は小刻みに戦慄いている。

口を押さえて嬌声を堪えようとしていても、膝が笑って上手くいかないらしい。壁から手を離せば頽れてしまいそうで、必死に脚を踏ん張る姿が可愛かった。

「っく、ぁ、んん……ッ」

彼女は自分から腰を揺らめかせていることなんて、知らないだろう。

それを指摘して恥ずかしがらせたい欲もある。

けれど肉槍へ無意識のまま尻を押し付け、身をくねらせている健気さに降参した。

こんな愛らしい淫らさなら大歓迎だ。むしろ自覚してやめられるのが惜しい。

「春乃」

名を呼ぶと如実に媚肉がヒクつく。

艶声が切羽詰まった音へ変わりつつあり、こちらもそろそろ我慢の限界だった。

「あッ」

猛った楔で泥濘を割り拓く。

いつまで経ってもきつい淫道が、要から理性を奪っていった。

「……っ、そんなに締め付けないでくれ」

「や……分からな……あ、あんッ」

先端が最奥に到達したことで軽く達してしまったのか、彼女の内側がより窄まった。

魂が抜かれるほどの恍惚に、危うく欲望をぶちまけそうになる。どうにか呼吸で吐精感をやり過ごせば、春乃が壁に上半身を預けた。

「んぅ……立っていられな……」

「じゃあ、抱えてあげようか。いつかのバスルームみたいに」

「そ、それは……っ」

以前淫らに抱き合ったことを思い出したのか、彼女が全身を茹だらせて髪を振り乱した。

「あ、あんなに激しいのは、もう……っ」

「だったら、もう少し頑張って」

やはり自分の中には、加虐的な部分があるらしい。

後ろを振り返る涙目の春乃に、この上なく興奮してしまうのだから。

「要さんは、最近時々意地悪です」

「実は昔からなんだ。いくら忍耐力を身につけてもご褒美がもらえないなら、正直になると決めただけだよ」

「何の話……ぁ、ふ……ぁああっ」

彼女が倒れないよう細心の注意を払いつつ、ゆっくり動き始めた。初めは浅く。次第に深く腰を使う。

二人の肌がぶつかって、淫猥な打擲音が廊下に響く。部屋や浴室ではない場所で卑猥な行為に耽っている背徳感が官能を高めた。

「ぁッ、あッ」

深く貫いたまま捏ねるように奥を小突き、花芽も扱く。

普段とは違う場所を擦られるせいか、春乃の蜜窟が甘く蠕動した。

「ぁァああ……ッ」

「は……今夜は本当にいつもより感じているみたいだ。どこもかしこもすごく敏感で、可愛い」

彼女の下腹に手をやって、臍の下を圧迫する。内と外から圧を加えれば、蜜壺が思い切り収斂した。

「ひっ、それ……駄目ぇえ……！」

「このまま中に出したら、孕みそうだね。春乃の子宮がすっかり下りてきている」

剛直で行き止まりを抉れば、彼女は四肢を戦慄かせた。

もはや感じ過ぎて何を言われているかも分からなくなっているのか、壁についた手がずるずると下へ滑っていっている。

春乃が前傾姿勢になれば、こちらはより穿ちやすくなった。

摑んだ腰を後ろへ引き、遠慮なく抽挿を繰り返すと、愛らしい鳴き声がより心地よく響く。

夢中になって突き上げ、混じり合い、二人一緒に喜悦の階段を駆け上がった。

「ァあああ……ッ」

「……っつ……」

迸る白濁の最後の一滴も無駄にしないため、射精しながら打ち込んだ。

彼女の身体を抱きすくめ、逃げられないよう捕らえて離さない。

これが実を結べばいいと、心底願った。

──早く孕んでしまえ。

平らな春乃の下腹を撫で、自分の子種で満たされていることに優越感を得る。

もっと一杯にしたくて、出したばかりにも拘わらず肉槍は再び首を擡げ始めていた。

「……ぁ、や……」

体内の変化を彼女も感じ取ったのか、動揺した声を漏らす。内側は絶頂の余韻に戦慄いたまま。

喘ぎ過ぎた喉は、哀れにも掠れている。しかし可哀相だと思う気持ち以上に強く凶悪な、『春乃との間に子どもが欲しい』欲に屈した。

「要さん、ま、待って……休ませて……」

「ああ。次は立たせたままにはしないよ」

「んぅっ」

昂ぶりを引き抜く刺激にも快感を拾ったのか、結合を解いた瞬間、彼女は身を震わせた。淫裂はぽかりと口を開け、混じった体液を垂らす。その光景は、息を呑むほどいやらしかった。

「寝室へ連れていってあげる」

「あ……っ」

春乃を横抱きにし、脱ぎ捨てた服はそのまま放置して廊下を進んだ。

何だかんだで、未だ家具を揃える暇がない。だがそのおかげか要の寝室で共に眠るのが当たり前になっていた。

今では彼女の体調が思わしくない日にしか、初日に春乃が休んだ部屋は使っていない。密着できる分、一人用のベッドも悪くないとほくそ笑んだ。

「急いで帰ったから、時間はたっぷりある」

「……っ」

朱に染まった顔を俯ける彼女を陶然と見下ろし、ベッドへ恭しく下ろした。

今にも飛び掛かりたいくらいの衝動を堪え、嫣然と微笑む。

春乃の瞳の奥に期待が揺らぐのを見つけ、歓喜したのは言うまでもない。

言葉にはしてくれなくても、欲されている喜びが要を包んだ。

――もっと僕に夢中になって、この巣から飛び立つ気がなくなればいい。
改めてキスを交わし、肌を重ねる。
口づけはこれまでのどの時よりも甘く感じた。

6　告白

胃がもたれて食欲がない。

この一週間余り、春乃は身体が怠く、胸が張っている気がした。

――気のせいかな……体調があまりよくない……

疲れやすくなっているのか、ぼんやりすることも増えている。下腹に違和感があるので、生理が始まるのかもしれなかった。

――そういえば前回から間が空いている。いつもはあまり周期がズレないのに……色々環境が変わったせい……？

嘆息し、隙あらば座りたくなる。立っているのが億劫なのだ。

そんな日々に疑問を抱きつつ更に一週間が過ぎた時、出血があったので『やはり生理周期が乱れたのか』と春乃は思ったのだが。

「……妊娠？」

「はい。六週目ですね。おめでとうございます」

結局春乃の不調が改善せず、生理にしては短期間で終わり不正出血を案じていたところ、自分よりも心配した要により、レディースクリニックへ連れてこられた。

そして医師から懐妊していることを告げられたのである。

――妊娠って……私のお腹に赤ちゃんがいるってこと……？

六週目ではまだ人の形とは言えない。だが己の身体に命が宿っていると思うと、妙な心地がした。

不思議なことに春乃は、自分が身籠っているとは、露ほども考えていなかったのだ。けれど冷静になってみれば、あれだけ毎日のように身体を重ねていたら、いつこうなってもおかしくはなかった。

そもそもそのつもりで、要とは契約を交わしたのだ。とは言え、現実感はなかなか湧いてこず、次の言葉が出てこなかった。

――私のお腹に要さんの……？

「本当ですか、先生！」

共に診断結果を聞いた彼が、呆然としたままの春乃と違い、高い熱量で身を乗り出した。

頭が働かない中、隣の彼に目をやれば、要は喜びを隠し切れないのか口角が綻んでいる。

いつもよりも一層輝く美貌は、毎日目にしている春乃にも眩しかった。

「はい。初期ですので、旦那様も奥様を普段以上に気遣ってあげてください。詳しい注意事項を纏めたパンフレットをお渡ししますね」

「勿論です！　ありがとうございます」

今にも立ち上がって深々と礼をせんばかりの勢いで、彼は幾度も頷いた。

喜色満面の様子に、医師どころか看護師も微笑ましげに見守っている。そんな光景を目にし、ようやく春乃も現実味が湧いてきた。

——私たちの……赤ちゃん……

最大の目標であった宝物が、やってきてくれた。膨らみのない下腹に実感は乏しい。それでも段々喜びが育っていった。

——本当なんだ……

「ありがとう、春乃。身体は辛くないか？　もし何かあれば、どんな些細なことでも言ってくれ」

「旦那様、つわりがいつ始まってもおかしくありません。奥様が食べられるものは、日々変わると思ってください」

「は、はい。肝に銘じます」

浮かれた様子で素直に聞き入る要の姿が物珍しくて、春乃はつい見入ってしまった。

穏やかで落ち着いた人が、今日は浮足立っている。

その理由が二人の間に舞い降りた新たな命のおかげだと思えば、より歓喜が大きくなった。

――喜んでくれている。そりゃ、最初から彼は子どもを欲していたから当然だけど……

でもこんなにはしゃいでくれるなんて、本当に嬉しい。

我が子は望まれて生まれてくるのだと強く感じられた。

そして春乃も待ち望んでいたのだと悟る。

要の子を、この腕に抱きたいと願っていた。

「今日から早速、色々変えないといけないな。転ばないよう部屋を片付けて、妊婦に必要なものを買い揃えて……ああ、お義母さんにも伝えないと――」

「連絡するのは、安定期になってからの方がいいと思います。嫌な可能性は考えたくもありませんが、万が一もありますし……」

診察室を出ても夢見心地の彼に、春乃はやんわりと釘を刺した。

これまで妊娠出産の経験はなくても、男性の要よりは多少の知識がある。

妊娠初期は不幸にも流産する可能性が少なからずあるのを、知っていた。

――ぬか喜びをさせてしまったら、病状に影響するかもしれない。せっかく手術が成功して回復の途上にいるのに。

半月前、母は数時間に及ぶ大手術を耐え抜いてくれた。

メスを入れてみなくては分からないと言われていたが、案じていたよりも状況は悪くなかったらしい。

今は集中治療室を出て、再び特別室で過ごしている。麻酔によるせん妄などの症状は未だにあるものの、少しずつ快方へ向かっているのは間違いない。

とは言え、今後の経過次第で油断はできないし、再発の恐れは付き纏う。

しかし一区切りついたのは確かで、春乃は心の底から安堵し、そんな矢先に自分の不調を感じ、別の不安に悩んでいたのだ。

「ああ、そうか。すまない。あまりにも嬉しくて、後先考えないところだった。君に余計な心労をかけるわけにはいかないいな。気を付けるよ」

「私も、とても嬉しいです。このところいいことが続いていて、怖いくらい……」

一生分の幸運を使ってしまったのではないかと馬鹿げた妄想まで湧いた。

「春乃には、この先幸せなことしか訪れてほしくない。ずっと頑張ってきた君に、試練は必要ないじゃないか」

手放しで『頑張ってきた』と認めてくれる彼に愛おしさが募った。

新しい家族の誕生を、共に祝福してくれる人がいる。春乃と母を大切にしてくれ、守ろうとする大きな存在が。

何物にも代えがたい大事な相手を、失いたくないと心の底から感じた。

——要さんとずっと一緒にいたい。

この先も、本物の家族として。

条件に合うという理由だけではなく必要とされたい。傍にいて、安らげる居場所になりたかった。

自分にとって、彼がそうであるように。

——成就しないと諦めるのではなく、これからは愛される努力をしよう。

どうせ私なんて、とはもう自身に呪いをかけたくなかった。言い訳して目を背け続けても、結局は要への恋慕をなかったことにはできないのだ。

だとしたら、戦う勇気を掻き集めようと心に誓った。

自分はもう、一人じゃない。母に守ってもらう子どもでもない。

何より、己自身が守らねばならない命が、お腹の中に宿っていた。

——この子のために強くなろう。

少し前まで妊娠の実感が湧かなかったくせに、今は我が子に対する愛情が急激に生まれていた。気持ちは既に母親になろうとしている。

春乃が下腹へ手を添えると、その上から大きな掌が重ねられた。

「ここに僕らの子どもがいるんだな……夢みたいだ。早く会いたいな……」

感慨深げに呟く要の瞳は僅かに潤んでいた。

春乃も感激で泣きたくなる。懸命に瞬きで涙の膜を晴らし、彼と手を繋いだ。

「私……幸せです」

欠片も嘘や誇張のない本心を告げる。

すると要が見開いた瞳を揺らした後——泣き笑いの笑顔を見せてくれた。


妊婦生活は穏やかに過ぎてゆく。

身体のむくみや怠さ、つわりが始まったことによる吐き気に悩まされるが、経過は至極順調だった。

要の春乃に対する過保護具合は天井知らずで、今は『家事なんてしなくていい』と言い、ほぼ上げ膳据え膳状態である。

もっと言えば、ほとんど歩かせてももらえない。

それでも適度な運動はせねばと思い、極力散歩はしている。ただし、一人で出歩いているのを知られると面倒なので、秘かに。

母の見舞いすら彼同伴を厳命され、まるで籠の鳥になった気分だ。

しかし、息苦しいとは思わなかった。

春乃が快適に暮らせるよう部屋の中は模様替えされ、身体にいいと言われるものを要が片っ端から取り寄せてくれる。

電話一本で必要なものは揃い、暇を持て余さないようにホームシアターまで設置された。おかげで気になっていた映画も、臨場感あるスポーツの試合も見放題だ。

とにかく生活の全てが春乃ファーストに作り替えられ、要に傅かれているようだった。

——王侯貴族になった気分だわ……

ここまでしてくれなくていいと何度も言ったのだが、彼はその場では「分かった」と頷いても、翌日には新たに色々買い込んでいる。

どうやら我が子の誕生が待ちきれず、何かしなくては落ち着かないらしい。

過剰なまでに春乃の身体を気遣ってくれ、妊娠線予防のクリームを塗ってくれることもしばしば。お腹が膨らみ始めていないのでまだ早いと言っても、「君は瘦せているから、痕ができやすいかもしれない。早くからケアを始める分にはいいじゃないか」と習慣化された。

結果、入浴後に腹を撫で回されるのがルーティン化している。

——最初は恥ずかしかったけど……彼の帰りが遅くなってクリームを塗ってもらえない日は、寂しく感じてしまうなんて……完全に感覚が麻痺している。

要が春乃を想い、妊婦にいいものを自ら色々調べてくれているのだと思うと、途轍もなくありがたい。

毎朝「行ってきます」のキスの後、下腹に手を添えて同じ台詞を言ってくれるのも嬉しい。

一度、春乃が夜中に目を覚ました際、眠るこちらの腹を撫でながら「可愛い」と呟いていたのには、笑ってしまった。

赤子の顔どころか性別もまだ分からないのに。

――赤ちゃん。こんなに誕生を待ち望まれているなんて、あなたは幸せね。……私も……早く会いたいな。

頬が勝手に綻んで、幸福感に包まれた。

だがこんなにのんびりと過ごしていては、いざ出産し怒濤の育児が始まった時に耐えられなくなってしまうのではないか。

そんなある意味贅沢な悩みが、春乃が最近抱く目下の懸案だった。

――今日は天気がいいな。風もないし、少し外の空気を吸おう。お母さんの顔も見に行きたいし……要さんはこのところ特に多忙で、今週末も出張だものね。お見舞いは一緒に行くと言われているけど、合わせていたら、次がいつになるか分からなそう。

二人が共に暮らし始めた初期の頃、彼はかなり無理をして時間を作ってくれていた。

有休が有り余っているので気にするなと言ってくれたが、それは『だからいくらでも休める』という意味ではない。

要の仕事が減るわけもなく、懸命にスケジュール調整していただけだ。

その皺寄せが、今きているらしい。

――当然よね。前よりもっと責任ある仕事を任されているみたいだし。それなのに私を気遣ってくれている。

更なる重圧を自分が彼に与えたくはない。ここは極力、自分のことは自分ですべきだろう。

それに、そろそろ母に妊娠の事実を告げても大丈夫そうだ。先日の健診でも「元気に育っている」とお墨付きをもらえた。

安定期になれば、神宮寺の両親にも伝えたい。

無事出産を終えたら、以前の職場の上司にも連絡を入れるつもりだ。『おめでとう』と言ってくれる姿が目に浮かぶ。

――ふふ……すごく幸せ……

心躍る予定が埋まってゆく。

春乃は外出の準備を整えると、マンションを出発し母の入院している病院へ向かった。

あれ以来、加奈とは遭遇していない。

要の警告が功を奏したようだ。

元より彼女は患者やその家族に関わることが少ない立場なので、接点を持とうと思わなければ避けることもできる。

母に関して『男に集った嫁のおかげで特別室に居座っている』などという噂も流れず、ホッとしていた。

――やっぱりなぁなぁに流すのではなく、毅然と対応するのが正解だったのね。

そうやって穏やかで平和な毎日を送るうち、警戒心が緩んでいたのは否めない。

その日、母の見舞いを終えた春乃は、想定外の場所で加奈に捕まってしまった。

「入って」

以前、母の病状の説明を受けたのと同じ相談室に押し込まれ、唖然としているうちにドアを勢いよく閉ざされた。

しかも扉の前に彼女が陣取っているので、押し退けて出ていくこともできない。

怒りに醜く歪んだ顔をした加奈は危険な臭いがし、春乃は咄嗟に自らの下腹を手で庇った。

「きゅ、急に何?」

「あんたさぁ……どんな卑怯な手で要君に擦り寄ったの？　おかしいじゃん。便利な使用人でしかないくせに、まんまと彼の妻の座に収まるなんて」

大学時代、自分はそういう風に見られていたのだと今知った。

――私たちの関係って、傍から見たらそうだったんだ……対等ではないと自分でも分かっていたけど……改めて言葉にされるのは、辛いな。――だけど……今は違うはず。

昔なら俯くことしかできなかった春乃は、懸命に顔を上げた。

言われっ放しになるつもりはない。

これは自分の問題だけではなく、要や母の尊厳にも関わる。我慢すればいいという話ではなかった。

「泉谷さん、いくらなんでも失礼です。どういうつもりですか？」

「偉そうにしないでよ。あんたなんて、家政婦代わりでしかないでしょ。使い勝手のいい道具が、本気で神宮寺家に相応しいと思っているの？　勘違いしないでよ」

痛いところをついてくる。

これまで数えきれない回数、春乃自身も思い悩んだことだ。

――だけどもう、卑屈にならないと決めた。

要が我が子に注いでくれる愛情は、本物だと感じる。

自分に向けてくれる優しさも、偽りではない。それが男女間のものであるとは言い切れなくても、特別扱いされているのは充分伝わってきた。

大切にされ、尊重されている。絶対に道具ではない。

その点を疑いたくない一心で、目に力を込めた。

「もしかして不幸アピールでもしたの？　要君優しいから、騙されそう。お金に困った貧乏人を助けるために、手を貸してくれそうだもん。そういうところに付け込んだんでしょ？　卑怯者」

「……卑怯なのは、泉谷さんじゃないの？　今日もしも私が要さんと一緒だったら、こんなことしなかったでしょう？　私が一人だから、何を言っても大丈夫だと思ったんだよね？」

昔、言い返せない格下の相手をサンドバッグにしていたように。

前回、彼に手ひどく拒絶されたことは、彼女にとってかなりの痛手だったに違いない。

言わば、初めての挫折。

加奈は基本的に大勢の人からちやほやされ、甘やかされて育ったのだなと感じる片鱗がそこかしこに現れていた。

おそらく狙った異性から冷たくあしらわれたことなどない。

大学の頃、要は彼女の誘いにのることはなかったが、きっぱり振ることもなかった。

偏にそれは、プライドの高い加奈が自ら告白しなかったことが原因と言える。

彼女にしてみれば、男性側から求められる自分でありたかったのだろう。しかし要にそんなつもりは毛頭なく、二人きりにならないよう気を付けていた。

――その過程で常に私を傍に置いていたから、余計に泉谷さんたちに睨まれたのかもしれないな……

加奈の気持ちは理解できなくもない。

けれどだからといって、過去の嫌がらせを含め、今の侮辱の何もかも春乃が許してやる理由にはならなかった。

「な、何ですってっ？」

顔を真っ赤にした彼女が目を吊り上げる。

せっかくの綺麗な顔が台無しだが、この場には取り繕わねばならない相手がいないので、どうでもいいらしい。

口元を歪め、乱暴に髪を掻き上げた。

「本当、苛つく……っ、身の程を弁えろって言っているの、分からない？」

「仮に私が間違っているとしても、それは泉谷さんに関係ない。要さんが決めることだわ。他人の家庭に口を出すなんて、どうかしていると自分でも思わない？」

正面から反論すれば、彼女は絶句した。

まさかここまで春乃が強気に言い返してくるとは想定していなかったようだ。

——とことん馬鹿にされていたんだ。まぁそうでなくちゃ、学生時代のノリのまま職場でこんな馬鹿げた主張ができるわけがない。

失うものが多過ぎる。

病院側に知られたら、処罰は免れないはずだ。

春乃が神宮寺家の嫁でなかったとしても、患者の家族へ身勝手に絡み、プライベートなことへ口出ししたとなれば。

――この相談室だって、通常は鍵がかかっているはずよね？　前回はそうだったし、『使用中』のプレートをかけていたもの。

部屋を使うには事前申請が必要だと思われる。誰でも好き勝手入れる状態では、防犯上よろしくないに決まっていた。

――泉谷さんにそういう権限があるとは思えない。だとしたら無断使用？　それも問題になるんじゃないの？

引っ掛かることは他にもあった。

院長秘書ならば、基本的に院長の傍にいるべきなのでは。入院病棟に加奈の仕事があったとしても――こうして春乃相手に油を売っている時点で『サボり』以外の何物でもなかった。

――あまりにも責任感がない。

学生時代はそういう軽さも彼女の魅力の一つと言えた。しかし社会人になれば、短所でしかない。しかも職場は医療関係。

一般的な企業以上に倫理観が求められるのではないか。まして縁故採用なら、口を利いてくれた相手に恥をかかせるのはご法度だ。

――そういうことにも考えが及ばないのかな……こう言っては申し訳ないけど、まるで子どものままみたい……

身軽でいても許されたのは、大学まで。

とっくに成人していても、ギリギリ子ども扱いしてもらえた。そんな感覚を引き摺っている加奈は憐れですらある。

いつまでも大人になり切れない彼女に、春乃は深々と嘆息した。

「そこをどいてくれる？　今日のことは今ならまだ、私の胸にしまっておく。だから二度と私たちに関わらないでほしい」

「……っの、クソ女……！」

可能な限り春乃は冷静に話したつもりだが、加奈には配慮が伝わらなかったようだ。

激昂し、手を振り上げる。

春乃は咄嗟に、顔ではなく腹を庇った。

「……っ？」

前屈みになったこちらの様子に、彼女の手が止まる。

春乃が無意識に取った動作の意味に気づいたらしい。

しばらく愕然としていたが、数秒後ひび割れた声でゲラゲラと笑い出した。

「ああ、なるほど。そういうこと！　身体で篭絡したんだぁ！　寝込みでも襲ったの？　既成事実で結婚を迫ったってわけ！」

「ち、違……っ」

あくどい言いがかりに驚き過ぎて、すぐに反論できなかった。

そんな言われ方をするとは流石に想像しておらず、動揺する。

だが顔色を変えた春乃をどう解釈したのか、加奈は自信を取り戻して嘲笑った。

「腑に落ちたわ。そりゃ、要君なら責任を取ろうとしてくれるかもね。でも子どもさえ生まれちゃえば、あんたは用なしなんじゃない？　彼に相応しい人が他にいれば、すぐ捨てられそう！」

鋭く心が抉られたのは、否定できない部分があったからなのか。

要と再会してから、彼が自分を大事にしてくれて誠実に尽くしてくれたから、春乃は惑いつつもその真心を信じようと思った。

実際要は、本心から春乃を労わり、思い遣ってくれている。そこに嘘はない。

だがこれまで生きてきた中で、人の気持ちは永遠ではないと知っている。

心変わりは仕方のないもの。どれだけ真摯な人であっても、年月と共に考え方だって変化する。

——今と同じ気持ちを生涯抱え続けられる保証は誰にもない。

要が春乃を『我が子の生みの親』と遇してくれても、『愛する人』が別にできないと、いったい誰に断言できるのか。

その可能性に思い至り、愕然とした。

今はまだいい。彼に『心底焦がれる人』がいないから。

だからこそ、当座の席に春乃が座らせてもらえた。けれど今後は?

永遠を誓ったのではなく、そもそも不変なものはない。もしも要が唯一の誰かに出会ってしまったら——春乃の存在が邪魔になるに決まっていた。

物語と違い現実は、『めでたしめでたし』の区切りがないのだ。ハッピーエンドのその先も人生は続いてゆく。

そういう事実を、春乃は忘れていた。

「あら? ようやく自分の立場が分かったみたいね」

ショックを受けた春乃に満足したのか、加奈が赤い唇でニンマリと弧を描いた。

先ほどの逆上し歪んだ顔ではないが、醜さを残したまま双眸を細める。巻き髪を弄りつつ、わざとらしく明るい声を出した。

「早めに現実に気づいてよかったじゃない。身の振り方を考える時間がたっぷりあるわ。お腹は膨らんでいないみたいだし、今なら中絶も間に合うんじゃない?」

非道な台詞で、呆然としていた春乃は逆に我に返った。

言っていいことと悪いことがある。

その中でも最悪な言葉に、折れかけていた心が叩き直された。自分だけでなく、お腹の子を嘲られたことが、どうしても許せない。

春乃は、頭がスッと冷えるのを感じた。

「……泉谷さん、正式に抗議するわ。これ以上は見逃してあげられない」

「は……？」

彼女の小馬鹿にした様子は変わらない。春乃には何もできないと高を括っているのが明らかだった。

「自分の発言には責任を持ってもらう。昔みたいに『冗談』や『そんなつもりじゃなかった』が通用するとは思わないで」

かつてない鋭い眼差しを春乃が加奈へ注げば、彼女は僅かに怯んだ。

傷ついて黙り込むと思っていた相手が歯向かってきたので、驚いたらしい。

それでも虚勢を張っているのか「馬鹿みたい」と言い捨てて、加奈は先に部屋を出ていった。

残されたのは春乃一人。

冷ややかな怒りが駆け抜けた後は、ズシンと全身が重くなる。

よろめいた身体を壁についた手で支え、乱れる呼吸を整えた。

——本当、馬鹿みたい。

張りぼての強気は、もう残っていない。全部吐き出して、空っぽになった気分だ。

一度幸福を味わってしまったからこそ、やがて訪れるかもしれない喪失に耐えられる自信はない。

これ以上何も考えたくなくて、春乃は涙を堪えるのが精一杯だった。

◇◇◇◇◇

要が出張から帰ると、自宅マンションはどこか薄暗く、ひんやりしていた。

いつものように春乃は笑顔で出迎えてくれたものの、そこはかとなく沈んだ雰囲気が滲んでいる。

それは出張に行く数日前から薄々感じていたことだ。

彼女は普通に振る舞っているつもりらしいが、元気がなく生気も乏しい。

問い質しても「大丈夫」と言われるばかりで、妊娠による体調の変化なのだと思っていた。

それならばあまりしつこく聞くのもよくないと、要は自分を納得させて出張へ行ったのだが。

――明らかにおかしい。

茫洋とした瞳は、不調だけが原因とは思えなかった。

かつてこんな表情をしていた際は、春乃が傷つく何かがあったことが多い。

小学生の頃同級生からの虐めに遭っていた時期や、中学時代経済的理由で進学を悩んでいた時期もそう。高校で進路に悩んでいた当時も。

それから今はもう思い出したくもないが、大学卒業後の就職先と引っ越しを秘かに決めた時も。

一人で抱え込み要には相談してくれない時、彼女は不自然な空気を醸し出していた。

「……何かあったのか?」

汗を流して早めにベッドに入り、要はおもむろに切り出した。

聞いても、春乃は答えてくれない可能性が高い。人の悪口や愚痴は言わない人だ。

しかし分かっていても、問わずにはいられなかった。

「何も……」

案の定微笑でごまかそうとしている。

気まずいのか、視線がかち合うことはない。隣に横たわったまま、天井を見つめていた。

――聞かれたくないのか? もっと僕に頼ってほしいのに……

だが今夜の彼女は瞳を泳がせた後、意を決したように寝返りを打ってこちらを向いた。

「……一つだけ聞いてもいいですか？」

「勿論。何でも聞いてほしい」

こんな目をした春乃を見るのは初めて。

並んで就寝するのは久々だからか、それだけでもう嬉しくて堪らない。

しかし浮かれていられたのは、ここまで。

次に絞り出された彼女の台詞に、要は耳を疑わずにはいられなかった。

「……要さんに本物の運命の相手が現れても……この子は可愛がってもらえますよね？」

「何だって？」

まず運命の相手とは何の話か。更に春乃の子を可愛がるかどうかなんて、確認されるまでもない。

それこそ目に入れても痛くないくらい、溺愛する未来しかなかった。

「すまない。話がよく見えないんだが？」

「いつか要さんが本当に心から愛する人が現れても、この子を冷遇しないと約束してください」

「……は？」

思いの外、低い声が出た。

いったい何がどうなって、こんな会話をしているのかさっぱり理解できない。もしや一秒でも早く妻のもとへ帰りたいあまり無茶に働き過ぎて、悪夢を見ているのか。

得体のしれない何かに謀られている可能性も考え、要は頭の中を整理しようとした。

「……僕が自分の子を蔑ろにするわけがない」

「ですよね！　要さんはそんな薄情な人ではありません。それが聞けただけでも、私安心しました」

「僕はちっとも安心していないし、まだ状況が呑み込めていないんだが？　そもそも心から愛する人とは、いったい誰のことなんだ」

自分にとってそれは、春乃以外にあり得ない。

他の女なんて、子どもの頃から眼中にも入らなかった。

頭痛がしてきて、半身を起こす。彼女もベッドから起き上がり、二人で座る体勢になった。

「それは……いつか出会うかもしれないじゃないですか」

「……もうとっくに出会っている」

物心ついた頃には既に。以来春乃だけが要の心の中にいた。

「え……」

だが遠回しに告げたつもりの想いは、別の意味で捉えられたらしい。

彼女は薄闇の中でも分かるくらいに青褪めた。

「もう……巡り会ってしまったんですか……？」

大きな瞳にみるみる涙が盛り上がる。その光景を混乱の真っただ中で要は見つめた。

「な、何故春乃が泣くんだ」

そんなにも自分のことが嫌いなのか。

最近かなり本物の夫婦らしくなれ、この生活に馴染んでくれたと思っていたのに。

——幸せだと言ってくれたじゃないか……！

燃え盛る恋慕ではなかったとしても、穏やかな愛情は育まれていると喜んでいた。それは独り善がりの願望だったのか。絶望感に苛まれる。

目の前が誇張ではなく真っ暗になり、要は危うく意識を手放しかけた。

「だって……丁度いい相手がいないから、私を選んでくれたのでしょう？　だったら相応しい人が見つかり次第、私は用済みになるんですよね……？」

驚き過ぎて、声も出なくなった。

人生でここまで動揺したのは、彼女が就職を理由に自分から去った時のみ。

あの時と同じショックで、要は心臓が止まるかと思った。

「用済み……？　そんなこと、あるわけがない！」

相応しい云々なら、春乃以上の人間なんて、世界中探しても見つからないと断言できる。

欲しいのは、彼女だけ。

春乃を得られるなら、何を犠牲にしても惜しくなかった。

「僕は絶対に君を手放さない。嫌だと言われても、解放してあげないよ。なのにいったいどうしてそんな馬鹿げたことを急に言い出すんだ……」

「……泉谷さんが……」

ごく小さく呟かれた名前に、怒りが湧いた。

またあの女が余計なことを彼女に吹き込んだのか。だとしたら、制裁を加えなくては気が済まない。相応の報復措置を必ず取ろうと心に決めた。

だがどこまでも心根が清らかな春乃は、告げ口の形になったことを後悔しているらしい。

加奈の名を出した途端、ハッと自らの口元を押さえた。

「ご、ごめんなさい。何でもありません！」

「このところ君が落ち込んでいたのは、泉谷さんのせいなのか？　いったい何を言われた？」

「いえ……あの……私が、勝手に――」

問い詰めても尚言い淀む彼女は、忙しく視線を泳がせた。

誰かを庇っているか、もしくは秘密にしておきたい内容があるのが窺える。

だが春乃が加奈に自ら会いに行く理由も必要もないし、向こうも要の警告が理解できないほど頭は悪くないはずだ。危険を冒して患者家族の情報にアクセスするとは考えられなかった。

しかも二人は連絡先など互いに知らないはずだ。だとしたらどこで接触したのだろう。

考えられるのは、春乃が一人で義母の見舞いに行き、加奈に捕まったのか。

外出は必ず要が同行するという約束を破ったのが後ろめたいのだとすれば、説明がつく。

要が思わず深々と嘆息すると、彼女はビクリと肩を震わせた。

「君に怒っているんじゃないから、安心してくれ。全く春乃は……純真で生真面目なのもほどがあるよ。それで――いったい何を言われたのか極力正確に教えてくれないか」

明かすまでこの話は終わらないという意思を込め告げれば、もうごまかせないと踏んだのか、彼女は要が出張へ行く前にあった出来事を、ポツリポツリと語り始めた。

つまり、加奈からわけの分からない難癖をつけられ罵られたことを。

途中、非常識な事実の連続に何度声を上げそうになったか分からない。

しかし必死に堪えてどうにか最後まで口を挟まずに耐え抜いた。

「――それで、春乃はさっきの発言に至ったのか……」

一言で今の心境を表すなら、『信じられない』だ。

あの女はいったい何様で、どこまで愚かなのか――考えるだけ無駄だと思った。

我が儘三昧が許されてきて、いつまで経っても『自分が一番』の、精神年齢が低い人間の思考を理解しようとするほど暇ではない。

今最優先しなくてはならないのは、春乃が受けた心の傷を癒すことだ。それから今こそ彼女に要の本当の気持ちを伝えなくてはならないと感じた。

——僕の気のせいでないなら、春乃も同じ気持ちでいてくれている。

要の心変わりを恐れる程度には。

死に物狂いで作り上げた『居心地のいい巣』を去りたくないと思ってくれていることに、一縷の望みをかけた。

「僕はずっと……君しか見ていない」

「……え？」

全く想定していなかったとばかりに、彼女はキョトンとして瞬いた。

——ああ、やっぱりちっとも伝わっていなかったか……

結婚を持ちかけてから、とても分かりやすく愛情をぶつけていたつもりが、届いていなかった徒労感に苛まれた。

だが落胆している暇はない。

これまでが足りなかったのなら、もっと努力すればいい。

取りつく島なく振られるのが怖くて避けていた言葉を、ついに伝える決意を固めた。

「いつからかは自分にも分からない。でも、気づいた時にはもう春乃のことが好きだった。以来、君のことだけを想い続けている。どうしても手に入れたいから、恩返しなんて言って強引に繋ぎとめたんだ」

勘違いも聞き間違いもされないよう、明確に。一音ずつ丁寧に紡いだ台詞が、春乃の心へ届くように。

祈りを込めて返事を待つ。

目を見開いて固まっていた彼女の顔が、やがて次第に赤みを帯びてゆく。

潤んだ瞳が揺れたことで、ちゃんと意味が通じたのだと要にも理解できた。

「え……ぁ、でも……え?」

「愛している。だからどんなに卑怯な手を使っても、春乃と結婚したかった。だが僕の気持ちを負担に感じ離れていった君に普通のプロポーズをしても、頷いてもらえないと思ったんだ」

自分の弱さや矮小さを認め、口にするのは勇気がいる。

それでも懺悔しなくては前に進めないと思い、要は己の罪深さも告白した。

「逃げ道を塞ぐ真似をしてすまない……援助をチラつかせれば、春乃が逃げられないのは承知していた。僕を軽蔑する?」

彼女の答えがどちらであれ、それでも逃がしてはあげられない。卑劣にも結論は決まっていた。お人好し過ぎる春乃なら、真摯に謝罪する相手を無下に扱えないことも計算している。

自分でも呆れるほど、打算塗れの浅ましい男でしかなかった。

後は断罪を待つだけ。

罵られ泣かれても――要は一生をかけて償い続けようと心に決めた。

沈黙は数秒。

永遠にも感じられる静寂が、限界まで重く感じられた時。

「……軽蔑なんてしません。私もずっと……要さんが好きでした……」

涙声で告げられた言葉が、耳に注がれる。

信じられない心地で視線を上げれば、彼女が大粒の涙を溢れさせていた。

「だったら何故、大学を卒業後僕に黙って離れていったんだ……？」

あの一件で、全部把握しているつもりの春乃の心が分からなくなった。全て自身の勝手な思い込みで、真実は一つも目に見えていなかったのだと。

「これ以上、要さんを好きになるのが辛かったからです。だって貴方にはもっと別に相応しい人がいる。別の誰かが選ばれるのを、近くで見守るのは耐えられません……」

嗚咽交じりに吐き出された心情は、『愛している』と叫んでいるのも同然だった。

好きだから、一緒にいられない。

恋しいから、諦めるしかなかった。

不器用で、独り善がりな選択。良かれと選んだ道は、己を含め誰も幸せにはなれない。

だが時間を無駄にしただけの愚かさは、要も同じだった。

「……僕らは互いに空回りしていたみたいだ……」

長く傍にい過ぎて、口に出す大切さを忘れていたのかもしれない。

どんなに分かり合い理解している間柄でも、言葉にしなくては伝わらないこともある。

言わなくても通じているはずなんて考えは、甘えでしかなかった。

大切なことこそ声にしなくては掻き消されてしまう。

共にいるには、努力の積み重ねがなくてはならない。そんな単純なことを見逃していた。

「好きだ。春乃を子どもの頃から愛している。どうかこれからもずっと僕の妻として隣にいてくれ」

彼女の頰を両手で包み込み、真剣に告げる。

涙で濡れ光る春乃の双眸は、引き込まれそうなほど綺麗だった。

その瞳がゆっくりと笑みの形に細められる。

鮮やかに花が綻ぶのに似た、昔から要を魅了する、愛してやまない人の笑顔。

本当の意味で、数年越しにようやく自分へ向けられたと感じた。

「はい。こちらこそ……よろしくお願いします」

愛おしさが溢れそう。瞳の奥がツンと痛む。

何度もキスは交わしてきたのに、今夜は恐る恐る唇を重ねた。

許しを請う切実さと、やっと想いが通じ合った感激が全て詰め込まれている。もしもこれが夢なら、一生目覚めなくて構わない。

たどたどしい口づけを終え、目が合った瞬間どちらからともなく破顔した。

「ふふ……っ、私たち色々順番を間違ってしまいましたね」

「やり直す機会をくれるか？」

「ええ、勿論。これから先――長い時間を共に生きていくのですから、いくらだってやり直せます」

迷いなく『共に生きていく』と言った彼女に、要の心が震えた。

――こういうところも好きだ。一度決めたら、まっすぐ進む芯の強さ……普段は守ってあげたいと思わせる儚さなのに、いざとなると驚くほどしなやかで強くなる。

こんなにも要の心を掻き乱し、脆い部分を刺激するのは春乃しかいない。

他の女が付け入る余地は微塵もなかった。出会った瞬間からずっと。

――まるで雛の刷り込みだ。初めから僕には春乃以外、あり得なかったのかもしれない。

彼女を抱き寄せ、微かに膨らみ始めた気がする下腹に掌を当てる。

愛おしい宝物が増える喜びで、こちらまで泣いてしまいそうになった。流石に春乃の前で涙をこぼすのは躊躇われ、ぐっと堪えたけれども。

「……早く生まれておいで。お父さんとお母さんが目一杯愛してあげる」

「ふふ。予定日はまだずっと先です。せっかちですね」

「僕は楽しみを後回しにしたくない性格なんだ。知っているくせに」

「そうでした。慎重なのに、興味のあることには貪欲でしたね」

笑い合う会話は、学生時代に戻ったようだった。

懐かしくて、むず痒い。

溢れる愛しさを消化するため、今度は深く舌を搦めて再び口づけた。

「は……」

口内で互いの舌を擦り付け合い、唾液を混ぜる。

息が弾んでもやめたくない。一瞬唇を解いて、すぐまた別の角度で貪った。

「ぁ……ぅ……」

鼻を抜ける息が艶めいている。

喉奥で掠れた音は、欲望を隠せていなかった。

「……は……これ以上したら、春乃の身体に負担をかけてしまう」

自分を完全にコントロールできなくなる恐れを感じ、要はそっと彼女を押しやった。

本音ではこのまま押し倒してしまいたい。

けれど絶対に駄目だ。欠片でもリスクがあることは避けると神に誓った。

――次回の検診でそれとなく医師には確認してみるが……

ひとまず今夜は隣に並んで眠れることに感謝しよう。

四年もろくに会えなかった日々を思えば、欲求不満を捻じ伏せる程度、何でもない。

近い将来我が子を腕に抱く奇跡を夢見て、要は込み上げる渇望を抑えつけた。

「泉谷さんの件で、数日間あまり眠れていなかったんじゃないか？　今日はゆっくり休んでくれ」

春乃を横たわらせ、布団をかけてやる。

善良で理想的な夫を演じ、爽やかに微笑んだ。

「君が思い煩うことのないようにするから、安心してくれ」

「あ……っ、泉谷さんの件でしたら、一応私も病院の相談窓口にメールしました。ですから要さんに何かしてほしいわけでは……」

「そう。昔の君だったらぐっと耐えて口を噤んだだろうから、成長したね」

柔らかく言い、彼女の頭を撫でてやる。

春乃は要が『分かってくれた』と思いホッとしたようだが、残念ながらそれは違う。

腹の中では昏い怒りと、どう報復してやろうかの妄想が燻っていた。

――その程度では上層部まで問題は届かない。春乃のことだから懇切丁寧な文章で、おそらく『神宮寺』の名は出していない。ならば怒りが伝わらないだろう。それに前回、念のため軽く調べたら、泉谷の採用に関し口を利いたのは、大きな建設会社を経営する父親だと分かった。

病院長が高校時代所属していた運動部の先輩後輩関係だったそうで、その力関係が未だに尾を引き断れなかったとか。

——つまり、今でも懇意にしているというわけではない。面倒な柵なのだろう。できれば切りたい縁の可能性が高い。

だとすると万が一、今回の件が多少なりとも問題になったとしたら。

——いや、それでもあからさまなトラブルに発展しない限り、切り捨てられないか。

多少院内のスタッフ間でヒソヒソと噂が立つだろうが、加奈はそれを気にする性格ではあるまい。

周囲の評判に耳を傾ける殊勝さがあれば、そもそも傲慢に振る舞ったりしないはずだ。

精々、注意が下されなぁなぁに処理されるだけなことが想像できる。

本人は反省した振りをして終了。

流石にこれ以上春乃に絡む愚行は犯さないと思うが、この先のうのうと同じ生活を送るのを要は許してやる気がなかった。

——僕の忠告を無視したからには、罰を受けてもらう。

大事な妻が感じた以上の心痛を。屈辱を。怒りを。

全部丸ごと返す。

今後一切、馬鹿げた行動をとれないように、しっかり報復しなくてはならない。

——見逃してやっているうちに、弁えればよかったのに。

頭の中ではあらゆる方法が練られている。

合法的なものからギリギリのものまで。

心優しい春乃が穏便に済ませようとしてくれた時点で立ち止まっていたら、要だってここまでするつもりはなかった。

しかし最早手遅れだ。引き金を引いたのは、加奈自身。

一応大人なのだから、己の尻拭いは自分でしてもらう。これまでの人生、他者に責任を被せてきたツケを支払う時が来たのだ。

「……要さん、何か怖い顔をしていませんか？」

隣に横たわった妻が探るようにこちらを見つめてくる。その窺う視線を要は笑顔で受け止めた。

「笑顔のつもりだが？」

「確かに笑って見えますけど……私には不穏なものが感じられます」

春乃の目はごまかせないらしい。

だが陰惨な妄想を馬鹿正直に明かす気はなく、要はより笑みを深めた。

「……気のせいだよ。もう休むといい。今週末はちゃんと休暇を取れるから、お義母さんに会いに行こう」

「は、はい。是非！」

晴れやかに笑ってくれた彼女に安堵し、ポンポンと肩を叩いてやる。

するとやはり寝不足気味だったのか、すぐにウトウトし始めた。

「安心したら……眠くなってきました……」

「春乃が眠るまで、見守っている」

彼女が気の緩んだ顔をしてくれるのが愛おしくて、こちらも頬が綻ぶ。信頼されている心地がし、この上なく幸福感が膨らんだ。

けれど春乃に指摘された通り、若干『怖い顔』なのは否めなかった。

瞳の奥に淀む昏い光は、そう簡単に消せはしない。室内の明かりを絞っておいてよかったと、心底思う。

そうでなければ、彼女に見られていたかもしれない。

——どんな手を使って、あの女を完全に排除しようか。二度と春乃の前に現れないように。

勿論違法行為には手を染めない。

過去、春乃に対して度を越えた害意を向けた相手には、相応の手を打ってきた。それと同じだ。

――好意をぶつけようとした男も、速やかに退場願ったが――それはまぁ、暴力的な方法ではなかったからセーフだろう。

あくまでも平和的かつ合法的に春乃との接点をなくしただけだ。転居せざるを得ない状況に追い込むこともあったが、本音を言えばその程度で済んだのを感謝してもらいたい。

――僕の宝物に手を出そうとしたんだから、当然の報いだ。

幼い頃は力が足りず、一時的とは言え彼女が虐めに遭う事態にまで発展してしまった。

もう二度と、あんな過ちは犯さない。

これからは持てる己の力を全て使って、守ってみせる。

大切な妻も。我が子も。

「愛している」

口にすることを許された台詞は、何度言葉にしても言い足りなかった。

想いが溢れ、眠る春乃の額に口づける。

妊娠してから、彼女はうとうとすることが多くなった。その無防備な姿を見られるのが自分だけだと思うと、堪らない心地がする。

重ね重ね、手を出せない状況がもどかしい。春乃を欲してやまない自分を落ち着かせるため、深呼吸が必要だった。

寝息を立てる彼女を起こさないよう細心の注意を払い、隣に横たわって春乃を抱きしめる。

この腕の中にある奇跡を噛み締め、ひとまず後ろ暗い計画は頭の中から追いやった。

今夜は、愛する唯一の人を本当にようやく手に入れた奇跡の幸福を、全身全霊で味わおう。

余計なことを考えず、春乃の存在だけを感じ取れば——温かな眠りに落ちるまでにさほど時間はかからなかった。

エピローグ

その後加奈の名前を聞いたのは、偶然だった。

春乃は彼女の言動について抗議のメールを送ったが、病院からの回答は『スタッフに指導を徹底します』という主旨のものだけ。

具体的な対策が記されていたわけではない。要約すれば、『苦情は聞きました』と取り繕われただけだ。

別に加奈の直接謝罪を求めたのではなかったものの、少なからず落胆したのは否めない。

とは言え今後、彼女が自分たちに関わってこなければそれでいい。

諦念と共に、この件は忘れかけていたのだが。

「え……談合?」

とある建築会社が、入札で独占禁止法違反を犯したというニュースは、先日目にしていた。

初め春乃はそれが加奈の父親が経営する会社の話だとは気づかなかったが、母の定期検診に付き添った際、病院スタッフがヒソヒソと話しているのを小耳に挟んでしまったのだ。

「あの子ねぇ、ろくに仕事もしないくせに父親の威光を笠に着てやりたい放題だったじゃない？　院長もこれで首を切れるってホクホクしているみたいよ」

「だけど父親の罪と娘は別の話じゃない？」

「ゴリゴリのコネ入社だし、スタッフ間だけでなく評判も悪いじゃない。――ほら、患者さんの家族にやらかした件もあったし累積アウトってやつよ」

「あぁ、自業自得かぁ」

いつまでも盗み聞きするわけにはいかず、春乃は後ろ髪を引かれつつその場を立ち去った。

だが今聞いた話が気になって仕方ない。

つい、ニュースサイトにアクセスし、件のニュースについて調べてしまったほどだ。

――わぁ……過去のあれこれも内部告発されている。え、泉谷さんこの病院に就職する前は、父親の会社で働いていたんだ。その時にパワハラで訴えられたこともあったの？

その際は示談になったそうだが、今回のことでまた新たに別の被害者が訴えているらしい。

曰く、勤務外で小間使いのように扱われたと。

休日に呼び出され雑用を押し付けられるのが、罷り通ってしまっていたようだ。

——あのスタッフさんが話していた感じだと、私以外の患者さんや家族でも嫌な目に遭わされて、苦情を言った人がいるのかな……

あり得ない話ではない。むしろその可能性が高かった。

簡単には騒ぎが治まらない予感に、多少は同情の気持ちが湧く。だが春乃にできることは何もない。

緩く頭を振り、加奈のことはもう忘れようと思った。

「まんま！」

その時、元気な声が聞こえてきて、春乃の頭から彼女の存在が完全に消えた。

長い脚で歩いてくるのは、どんな場所でも注目を浴びる要。そして彼の腕に抱かれた、よく似た容姿のもう一人は。

「散歩に連れていってくださって、ありがとうございます」

「とんでもない。それより、お義母さんは？」

「今、入院中に親しくなった患者さんと偶然再会して、お喋りしています。二人とも無事退院できた喜びを報告し合っているみたい。一階のロビーで待っていましょう」

まだ一歳になったばかりの息子——悠《ゆう》は、なかなかじっとしていられず、すぐ飽きてしまう。

待ち時間の気分転換に、要が抱っこをしてあちこち歩いてくれていたのだ。

予定日よりやや早めに生まれた息子は、平均よりも身体が小さい。それでも動くことが好きらしく、少しもじっとしていられなかった。

だが親からすれば、元気でいてくれさえしたら何でもいい。

笑顔を見せられれば、どんなやんちゃも許せてしまう。しかも愛する夫と瓜二つならば、無条件で可愛いに決まっていた。

「私が代わります。悠、こっちにおいで」

「や！」

「パパの方がいいのか？　うちの子は極上に可愛いな。天使か？」

「要さんったら……」

父親の抱っこが大好きな息子は、春乃が伸ばした手を断って、彼にしがみついた。

涎塗れの手で服を握られても全く気にせず、要は満面の笑みを浮かべる。それどころか我が子の頭頂にキスをし、上機嫌だ。

そんな二人を見つめ、春乃は得難い幸福を噛み締めた。

――幸せ過ぎて、毎日が夢のよう。

母の定期検診は経過良好とのこと。

今後は様子を見つつ、診察回数を減らしていけそうだ。『絶対に孫の成人式をこの目で見る』と宣言している辺り、気持ちの上でも前向きになってくれているのが嬉しい。

やはり初孫の誕生は母にとってかなりの力になったようだ。家政婦としての仕事も再開し、『できる範囲内でいい』という神宮寺家に甘えさせてもらっていた。

——離れの平屋に今後も住まわせてもらえることになっているし、本当に私たち母娘は人に恵まれている……

ただし当初は『息子の義理の母へ援助は惜しまないが、雇うのはちょっと』との意見もあった。

けれど母が『働いて恩返しします』と宣言し、受け入れてもらった形だ。

神宮寺夫妻は母にのんびり療養させるつもりだったものの、母は働いている方が日々に張りが出て元気が漲ると譲らず、この形に落ち着いた。

——実際、人の役に立っていると実感できる方が、お母さんは元気になるみたい。孫の面倒も積極的に見てくれて、私の方が助かっている。

春乃と要の子は、見た目は女の子に間違われがちな愛らしい男の子である。

既に整った顔立ちは『可愛い』と方々で絶賛され、神宮寺の両親は『息子よりずっと可愛い』と言って憚らない。将来有望なのは言うまでもなかった。

——今もあちこちから視線を感じる。要さんとの相乗効果で注目の的ね……私だって、

こんなに綺麗な顔をした父子がいたら、つい見てしまうかも。

春乃の出産は、かなりの安産だったそうだが、産んだ本人としてはなかなか大変だった。無痛分娩でも痛みが完全になくなるわけではなく、前後の大変さもある。妊娠出産は偉業であり奇跡なのだと深く思い知った。

産後、母体は交通事故に遭ったのと同等のダメージを負うと聞いたが、さもありなんだ。

しかしながら、やはり我が子は可愛い。

出産直後は『一度で充分』と思ったが、今では『落ち着いたらもう一人産みたいな』などと考えてしまうくらいに。

めまいがするほど幸せな家庭。

以前なら想像もできなかった未来の中に、春乃はいる。

幸せ過ぎて怖いと、以前なら怯えただろう。

だが今は、この幸福を維持したいと願えるようになった。

「要さんに春乃、待たせてごめんなさい！　思わぬ再会ができて、話が弾んでしまったわ」

ロビーで待っていた春乃らのもとへ、母がやってきた。顔色はとてもよく、歩き方にも危うさはない。

痩せてしまった身体も、随分健康的に戻っていた。

「お義母さん、急がなくて大丈夫ですよ」

「ありがとうございます。ふふ、悠君も待ってくれていたのね。ばぁばが抱っこしてあげようか?」

「ばぁば!」

春乃の手は拒否したくせに、息子はご機嫌で母に小さな手を伸ばした。現金なものである。

「……ママにはいつも抱っこしてもらえるからだと思うよ」

「慰めはいりません、要さん」

春乃が若干顔を引き攣らせたことに気づいたのか、彼が苦笑しつつフォローしてくれた。

「悠はお祖母ちゃんが大好きだもんな」

「嬉しいわ。今日は二人とも付き添ってくれてありがとうね。たまには夫婦水いらずで出かけてきなさい。その間私が悠君を見ているから」

「え」

「バイバイ」

母が促せば、どこまで理解しているのか息子は紅葉の手を振った。

人から『バイバイ』されると泣き出すことが多いが、自分からするのは大好きなのだ。

「ほら、私は一人で帰れるから、気にしないで。毎回付き添ってくれなくて、もう大丈夫よ。要さん、娘をよろしくお願いしますね？」

「じゃあ、お義母さんの気遣いに甘えさせてもらいます。でもご自宅まで送らせますので車を使ってください。僕らこそ、自力で平気ですよ」

「まぁ……要さんは昔から変わらずお優しいわ」

春乃を置き去りに、今日この後夫婦のデートが決定した。

「さ、行こうか」

「え、あ、でも」

「帰りは遅くなっても大丈夫よ。悠君のことは私に任せて心配しないで」

よく状況が呑み込めないまま、春乃は要に背中を押されて病院の外へ出た。

未だ頭の中は釈然としない。そして一時間も経たないうちに、某ホテルのスイートルームで抱きしめられていた。

「……あれ？」

「こうして二人きりで過ごすのは、久し振りだね」

いきなりの展開に理解が追い付いていない。それでも即座に、抱きしめられる心地よさが春乃の心と身体を満たした。

その上、彼の言葉に異論はない。

悠を出産して以来、子ども中心の生活をしてきたのでゆっくり夫婦の時間を過ごす暇はなかった。

いや、妊娠前は『夫婦』の定義が微妙だったので、ある意味では今が初めてかもしれない。

そう思うと、何だか急にドキドキしてくる。

要に抱えられたままベッドに押し倒され、春乃は彼を見上げて頬を染めた。

「そ、そうですね。何だか緊張してしまいます」

産後、軽い触れ合いは再開していても、育児の疲れと要がこちらの体調を気遣ってくれることもあり、行為自体はご無沙汰だ。

春乃自身、特に欲求を感じなかったので、こういうものだと深く考えることもなく過ごしてきた。

——でも、要さんは違ったみたい……

燃えるような瞳でこちらを見下ろし、熱くなった手はしっとり汗ばんでいる。呼気は少し荒くなり、何よりも滴る色香が鮮烈だった。

求められている。

そう実感すると、不思議と春乃も昂るものがあった。

まるでスイッチが入ったみたいだ。

母親から妻へ。唯一の人に愛される女としての、欲望が首を擡げた。

「あ……っ」

大きな手で身体を弄られて、愉悦が生まれる。

キスの合間に一枚ずつ服を脱がされ、恥ずかしさも快楽の燃料になった。

擽ったさと、じれったさ。それらが次第にうねる喜悦に変わってゆく。まだ肝心な部分に触れられていなくても脚の付け根には潤む感覚が生じた。

「ふ、ぁ……」

身を捩った拍子に耳殻を食まれ、柔らかく歯を立てられる。

舌を耳孔に捻じ込まれると、ダイレクトに淫猥な音が注がれた。

耳が春乃の弱点であることを教えてきたのは、要だ。彼に抱かれるまではそんな事実、知る由もなかった。

他にもどこをどんな力加減で責められると冷静でいられなくなるのか。

一つ一つ明らかにし、最終的に春乃の全部を暴かれてしまった。

今ではもう、いとも容易く身体の熱を上げられてしまう。

以前より大きくなった乳房を揉まれるとやや痛みがあることを分かっているのか、要は肌をなぞるだけに留めた。

産毛を撫でる微かな動きはもどかしい。それでいて密やかな快感が湧く。

息が乱れたのを合図に、深く口づけられた。

「ん……」

自らも舌を差し出して、本能のまま絡ませ合う。唾液を混ぜる水音が卑猥で、一層身の内がさざめいた。

大胆な気持ちになり、春乃からも彼の服を脱がせてゆく。シャツのボタンをたどたどしく外してゆく間、要は余裕たっぷりの様子で見守ってくれた。

「前よりも手際がよくなった」

「そんな感想はいりません……」

抱き合ってコロリと転がり、春乃が彼に跨る体勢になる。見下ろす視界は新鮮で、非常にドキドキした。

「下も脱がせてくれるのか?」

到底返事ができない淫らな質問には答えず、春乃は要のベルトに手をかけた。

ズボンのジッパーを下ろす時には、目に見えて指先が震えたのはご愛敬。

以前とは違う自分を見せつけたくて、最大限頑張った。

それでも下着を押し上げる楔の存在に、手が止まる。

真っ赤になって逡巡していると、彼が上体を起こした。

「無理はしなくていいよ。君の可愛い顔を堪能できたから、充分満足した」

抱きしめられ口づけられると、如何に自分が甘やかされているのかを自覚する。

本当は、春乃も要に悦んでもらいたい。その気持ちに嘘はなく、求められるならできる限りのことはしたかった。

その意気を分かってもらいたくて、せめて積極的に舌を動かす。

口の中で施す愛撫をこちらから仕掛けた。

「……っ」

唾液が彼の顎を伝う。トロリとした双眸はあまりにも淫靡。

至近距離で見つめ合っているだけで自分の下腹が疼き、ふしだらに隘路が収斂した。

「君は僕を誘惑するのが、本当に上手いね」

「ぁ、あ……っ」

跨っていた彼の太腿で、陰部を刺激された。

軽く持ち上げられて、蜜口が押される。泥濘み始めたそこは敏感になり、更なる快楽を求めていた。

「この視界は、かなりの破壊力だ」

言われて、自分が要の眼前に乳房を晒し、彼の脚の上で身をくねらせていることに気づいた。

しかも無意識のまま淫蕩に腰を揺らしている。

膨らみ出した花芯を要の腿へ擦り付け、逸楽を得ようとしていた。

「や……っ」

「やめなくていいよ。もっと春乃の好きに動いていい」

優しくも不埒な誘惑に抗えず、彼の上で淫らに揺れる。

眼尻やこめかみを指で擽られながら、喜悦の波間を揺蕩った。

「春乃、手を貸してくれる？」

「ん、ぁ、あ……っ」

要の肩に置いていた片手が導かれたのは、彼の肉杭だった。

すっかり雄々しく勃ち上がった剛直は、先端から透明な滴をこぼしている。一見凶悪な造形が、要のものだと思うと愛しい。

求められるまま手を這わせ、春乃は剛直をキュッと握った。

「……っ」

男の掠れた吐息が淫猥で、もっと聞きたくなってくる。

大好きな人を悦ばせられたことが誇らしく、普段の春乃ならあり得ないほど大胆な気分になった。

煩く打ち鳴らされる心音が、自分を鼓舞している錯覚に陥る。

のぼせた心地で身体の位置を調整し、要の爪先方向へ移動して、ゆっくり頭を下げていった。

慌てた様子で要が腰を引こうとする。しかし焦りのせいか、逆に突き上げる動きになった。

驚きの声を上げた彼が制止するより早く、楔を口内へ迎え入れた。

「春乃……っ？」

そのため春乃の口から引き抜くどころか、より深く肉杭を押し込む形になる。
喉奥を突かれ、反射的にえずきそうになったものの——春乃は堪えて唇を窄めた。
「駄目だ、そんな……っ」
強引に引き剝がすのを躊躇っているようで、彼の声が官能的に掠れた。喘ぎ交じりの男
の声音が、こちらの体内も潤わせる。
は、と漏れ出た吐息は雄弁に要の得ている快楽を示していた。
——ああ、要さんが感じてくれている。もっと私に夢中になってほしい……
貪欲な願いが大きくなる。
人の欲望は際限がない。
自分が彼に愛されていると知って以来、春乃は更に要を独占したくなってしまった。
「んむ……っ」
大きな肉塊は、全てを口に含むことがとても難しい。
顎が外れんばかりに大きく開いても、半分程度が限界だった。根元は、右手で作った筒

で包み込む。

こういう行為に疎く、猥談ができる友人がいない春乃が、専ら知識を得るのはネットの情報だ。

彼に悦んでもらいたい一心で必死に勉強した。

思い返してみたら、悠を産んでから最後まで肌を重ねることがなくなり、心の奥では焦っていたのかもしれない。

これが普通だと囁きつつ、『もっと可愛がってほしい』と女の部分が悩んでいた。

そこで必死に考え、辿り着いたのがこれである。

いつか機会がきたら披露しようと思っていた成果を今こそぶつけるのだと――意気込んだ。

「春乃……っ」

「ふ、ぐ」

ぐっと質量を増した肉槍で顎が怠くなってくる。ますます逞しくなるそれを、懸命に愛でしゃぶった。

苦みが口内に広がっても、相手が要なら少しも不快に感じない。逆に快楽を得てくれている証拠のようで、嬉しくもある。

だからこそ、より熱心に舌を這わせた。

「む、ぅ……っ」

「……春、乃……っ」

あと少しで爆ぜそうになったところ、彼の手で額を押され、顔を起こされた。しかもさりげなく身体を背けられるではないか。

「ぁ……よ、よくありませんでしたか……?」

やはりネットのみで得た知識では、不充分だったのか。

全力を出したつもりだったが要を最後まで導けず、春乃は自分自身にがっかりした。

「そうじゃない。よ過ぎるから……困る」

「?」

だったら続けさせてくれたらいいのに。

不満が無意識に顔に出ていたのか、彼が春乃をじっとりと横目で見てきた。

「君の中で出したいのに、もったいないじゃないか」

「……っな……」

あまりにも卑猥な台詞に唖然とした。

その隙をつかれ、再びベッドに仰向けで倒される。見上げた先には愛しい夫。

雄の空気を纏った彼は、意地悪く笑った。

「また、僕の子どもを孕んでくれる?」

たった一言で春乃の蜜窟がキュウッと収縮する。体内が潤み、蕩けるのが分かった。

「元気であれば男女どちらでもいいが、贅沢を言うと女の子もほしいな。ああでも、男兄弟も捨てがたい。僕は一人っ子だったから、兄か弟がいる友人が羨ましかったんだ」

覆い被さってくる男の色香にあてられ、息が乱れる。

要の手が春乃の下腹を撫で、臍を通過し繁みを梳いた。

その下には熟れた肉芽が期待に染まり、触れられる瞬間を今か今かと待ち望んでいる。

軽く爪先で突かれただけで、絶大な快感を生んだ。

「あ……っ」

「春乃も僕を欲してくれていたみたいだ。美味しそうな蜜がたっぷり溢れてきた」

一気に垂れた愛液が、彼の指先を濡らす。

自分の太腿に伝い落ちる感覚があり、興奮し過ぎているのが恥ずかしくて堪らない。

随分淫蕩に躾けられた身体を満たしてくれるのは、要だけだと春乃は知っていた。

「早く……っ、要さんをください……っ」

我慢できずに淫らに希う。

後で冷静になって思い返せば、後悔するのは必至。それでも今この瞬間、一秒たりとも焦らされたくなかった。

「これでも自制しているのに。……悠を迎えに行くのが、かなり遅くなってしまいそうだ」

「あ……っ」

首を齧られ、皮膚に歯が食い込む。痛みを感じるほどではない甘噛みは、舐められるのとは違う刺激を肌に刻んだ。

ジンジンと、しばらく残る疼き。

ほんのり痕がつき、体温が上がると余計に目立つ。

いくつも赤い痕跡を散らされると、彼のものになった気になる。こちらからも要の所有権を主張したくなり、春乃は彼の首筋に吸い付いた。

「春乃……っ」

歯を立てる勇気はなく、うっ血させるために吸っただけ。

これも、ネットで得た知識だ。

しかし情報と経験は別物で、予定した花弁を残すことはできなかった。

「ふ、ふふ……擽ったいな」

それどころか擽ったがられて、笑われる始末。

悔しいけれど、難しい。

無意識に春乃が唇を尖らせると、そこへ要が口づけてきた。

「君のやる気は受け取った。ありがとう。だから今度は、僕にお返しをさせてくれ」

「お返し……？　ぁッ」

大きく脚を開かれ、股座に彼の顔が埋められた。

何をされるのかは一目瞭然。未だに恥ずかしくて仕方がない行為だった。

「だ、駄目……っ」

慌てて止めようとするも、がっちりと摑まれた太腿は閉じることすら叶わない。しかも絶大な快感に襲われ、春乃はあっという間に爪先まで震わせた。

「……ぁ、あッ」

舌先で花芽を転がされ、時折吸われる。異なる愉悦を与えられ、肉蕾はたちまち硬く育っていった。

綻んだ花弁を弄られ、淫道を指で往復される。

どれもこれも気持ちがいい。けれど奥の疼きは高まる一方だった。

勝手に溢れる涙で視界が歪み、喘ぎのせいで上手く喋ることもできやしない。強請りたくなる衝動となけなしの理性がグラグラ揺れた。

「ぁ、あッ」

四肢が強張り、つい仰け反る。

ドロドロなのは、春乃の陰唇だけでなく頭もだった。

これ以上はぐらかされたら、本格的におかしくなってしまいそう。要以外のことは何も考えられない。

今だけ日々のことを全部忘れ、彼で頭を一杯にしてしまいたい。ここには自分たちだけしかいないのなら、多少の我が儘は許してもらえるはず。

そんな言い訳を並べ立て、春乃は潤む双眸を彼へ据えた。

「要さんがほしいです……っ、早くきて」

両手を彼に伸ばせば、直後に固く抱きしめられた。そして一気に貫かれる。

重い衝撃が最深部まで届き、息もできずに目を見開いた。

「かは……っ」

「ナカがめちゃくちゃにうねって、搾り取られそうだ……」

吐精を堪える彼が、官能的に呟く。大きく肩で息をしているせいで、筋肉の躍動感が密着するこちらにも伝わってきた。

愛する人が自分の内側にいる。

その事実が恍惚を増幅させ、深い快感をくれた。

「……ぁ、あ……要さん……ッ」

「愛している、春乃。一生、放さない」

「わ、私も……っ」

彼への想いを言葉にするには、きっとどんな単語でも不充分だ。この気持ちを表現する

には到底足りない。

だからこそ、こうして抱き合うことで補うのかもしれないと思った。

「あ、あぁあ……っ、ぁッ」

同じ律動を刻みながら、合間に見つめ合い、キスをして肌を撫で、舐めて、全身を使い互いの存在を味わった。

この先もずっと一緒にいるために。

惜しむことなくあらゆる方法で愛情を伝え合うのを誓いながら。

あとがき

こんにちは。山野辺《やまのべ》りりです。

今回は要求内容が少々おかしいけれど、比較的優しく良識あるヒーローが書けたと思っています（当社比）。

まぁ、過去の恩返しのために子作りを要求するような男ですが。基本的に善人です。異論は認めない。善人です（大事なことなので二度言う）。

ヒロインとしても強引なきっかけをもらえたから、ようやく自分の心に素直になれたので、結果オーライかと……たぶん。諦める決意を完全に固めている主人公を翻意させるには、これくらいじゃないと無理なのだと思います。

イラストは緒花《おはな》先生です。表紙、あまりの美しさとそこはことない妖しさに卒倒しそうになりました。要さん、優しげでも目が獲物を狙う肉食獣過ぎる。最高です。

この本の完成に関わってくださった全ての方に深謝しております。皆様のおかげで完成できました。心からありがとうございます。

最後に、特大の感謝を！

またどこかでお目にかかれることを願っております。ありがとうございました。

◆ ファンレターの宛先 ◆
〒102-0072　東京都千代田区飯田橋3-3-1
プランタン出版　オパール文庫編集部気付
山野辺りり先生係／緒花先生係

オパール文庫Webサイト　https://opal.l-ecrin.jp/

Opal

御曹司《おんぞうし》に恩返《おんがえ》しを強要《きょうよう》されています
執着王子《しゅうちゃくおうじ》と子作《こづく》り契約結婚《けいやくけっこん》

著　者――山野辺りり（やまのべ りり）
挿　絵――緒花（おはな）
発　行――プランタン出版
発　売――フランス書院
〒102-0072　東京都千代田区飯田橋3-3-1
印　刷――誠宏印刷
製　本――若林製本工場
ISBN978-4-8296-5558-0 C0193
© RIRI YAMANOBE,OHANA Printed in Japan.

本書へのご意見やご感想、お問い合わせは、QRコード、
または下記URLより弊社公式ウェブサイトまでお寄せください。
https://www.l-ecrin.jp/inquiry

＊本書のコピー、スキャン、デジタル化等の無断複製は著作権法上での例外を除き禁じられています。
本書を代行業者等の第三者に依頼してスキャンやデジタル化することは、
たとえ個人や家庭内での利用であっても著作権法上認められておりません。
＊落丁・乱丁本は当社営業部宛にお送りください。お取替えいたします。
＊定価・発行日はカバーに表示してあります。

Opal Label オパール文庫

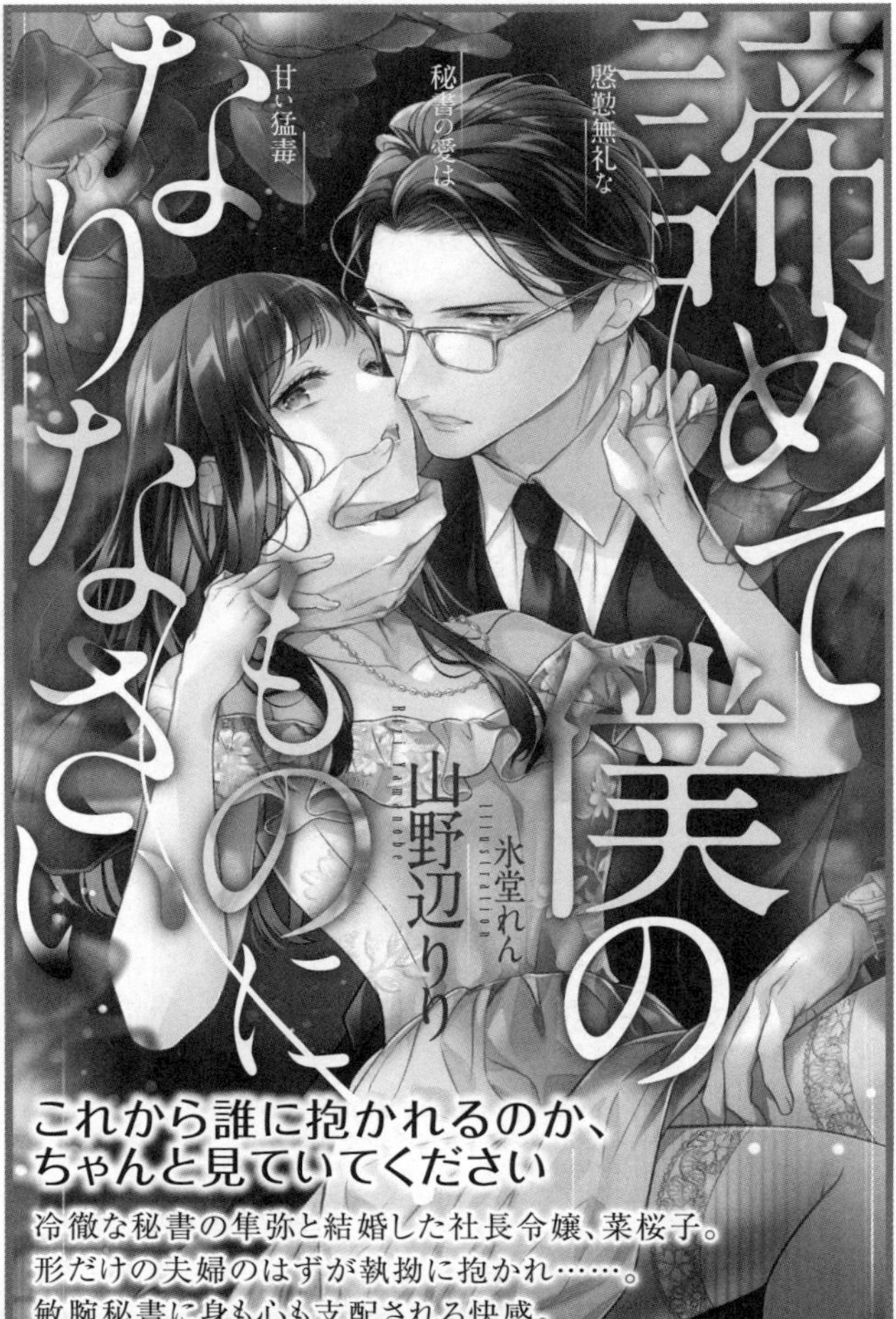

Op5547

好評発売中!

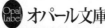

Opal Label オパール文庫

Op5530

好評発売中!

Opal Label オパール文庫

火をつけたのは君だ
「本気で抵抗しないと、抱くよ」
教授の洋治にこわいくらいに愛されて、もう逃げられない。
大人な男と淫らに蕩ける執着ラブ!

Op5514

好評発売中!

Opal Label オパール文庫

Op5520

好評発売中!

Opal Label オパール文庫

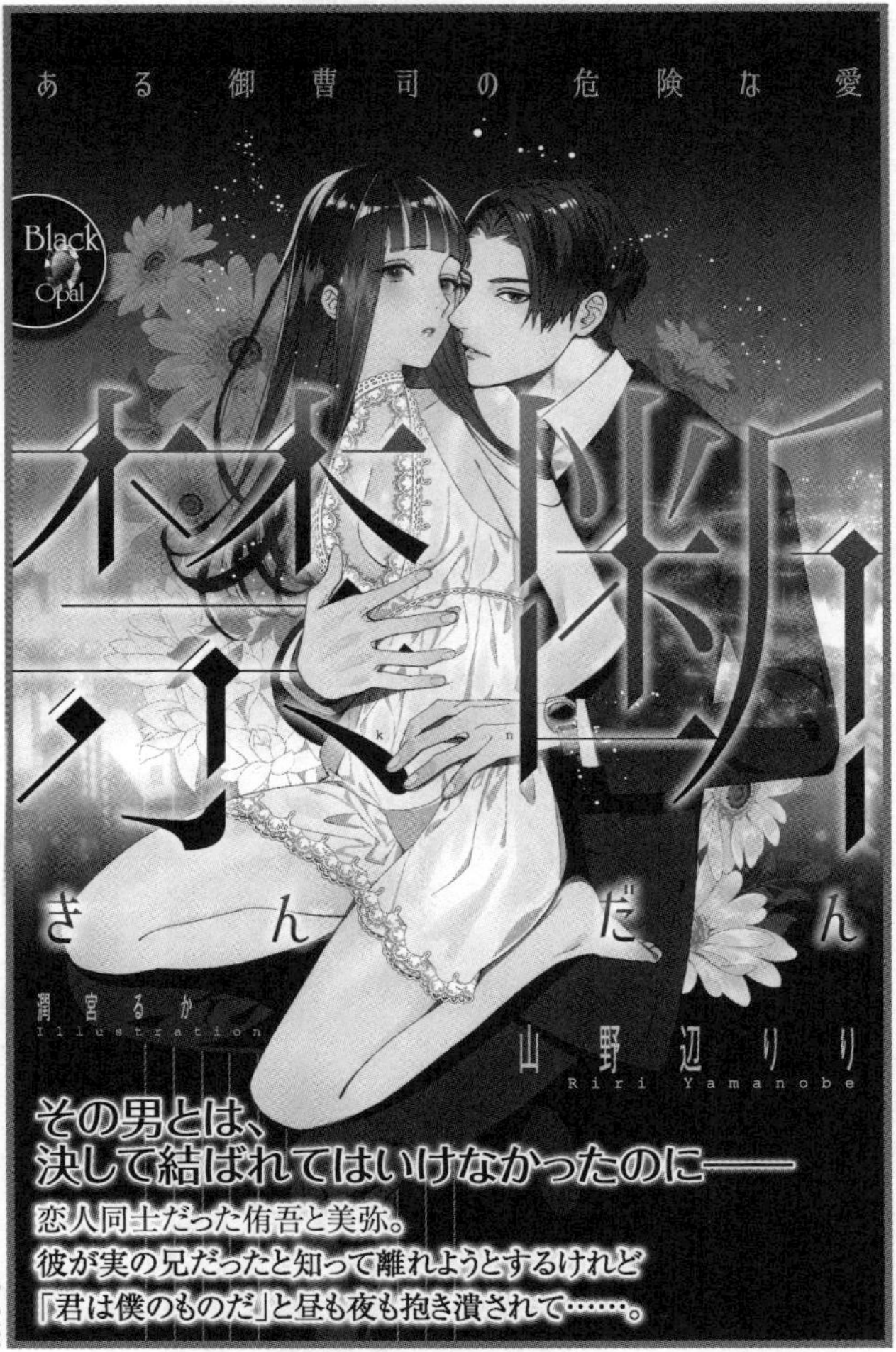

Op8483

好評発売中!